旬のキノコのバター醤油ハヘ
7

第二話
飲み会の後のひとくちパンケーキカナッペ
43

第三話
頑張る夜の鶏肉と卵の雑炊
105

第四話
待ち合わせてサバのアクアパッツァ
163

第五話
十一月、鶏がらのスープフォー
225

第六話
十二月、鶏がらスープの春雨フォー
267

マヨナカキッチン収録中！

登場人物

浅生《あそう》霧歌《きりか》……『文山遼生のマヨナカキッチン』アシスタントプロデューサー。時短料理が得意。

文山《ぶんやま》遼生《りょうせい》…番組の出演者。料理の腕前も抜群な俳優。

千賀《ちが》信吾《しんご》……チルエイトの社長で番組プロデューサー。

土師《どし》知彬《ともあき》……番組ディレクター。仕事熱心ゆえに厳しい一面もある。

恵阪《えさか》燿《よう》………チーフアシスタントディレクター。入社五年目の若手の有望株。

古峰《ふるみね》蒼衣《あおい》……アシスタントディレクター。元気一杯の新人。

来島《きじま》次郎《じろう》……カメラマン。この道三十年のベテラン。

郡野《ぐんの》流伽《るか》……人気急上昇中の俳優。

浅生《あそう》華絵《はなえ》……霧歌の妹。

千賀《ちが》絢《じゅん》………信吾の妻。別番組のアシスタントプロデューサーを務める。

第一話

旬のキノコのバター醤油パスタ

都内でテレビの仕事をしています。

——と言われたら、大抵の人が思い浮かべるのは華やかできらびやかな世界だろう。

二十四時間眠らないテレビ局、巨大なビル内を行き交うのは普段なら画面越しにしか見ることの敵わない芸能人の方々、彼らの間を縫《ぬ》うように秒刻みのスケジュールで駆けずり回るテレビマンたち。私もこの仕事に就くまではそんな世界を想像していた。

日本中の人々が報道、情報、娯楽を求めて見つめるテレビの世界で、私もいつか、誰かの心に残る番組を作りたい。そんな思いでこの業界に飛び込んだ。

しかし現実は地味だった。私が今いるのは西新宿《にししんじゅく》にあるビルの五階、灰色のロッカーが立ち並ぶ女子ロッカールームだ。他に人がいないのをいいことに床にしゃがみ込み、持参したケーク・サレを食べている。いわゆるお惣菜《そうざい》系ケーキで、味わいはキッシュに近いけどタルト台は使わず、どっしりした生地で焼き上げる逸品だ。オフィスや休憩室へ行けばちゃんと机や椅子がある、だけどそこでのんびり朝ご飯を食べられる保証はない。

「浅生《あそう》、食べながらでいいからこの企画書に目通しといてくれる？」

と、朝から笑顔全開のプロデューサーに分厚い資料を手渡されたり、

「暇なら今から編集室来てくれ。前回の収録分のナレーション原稿書いて欲しいんだ」

と、仕事中毒なディレクターに有無を言わさず連れて行かれたり、

「美味《おい》しそうっすね浅生さん！　一口！　一口ください！」

と、年下のチーフADくんにツバメの雛《ひな》みたいにねだられたりするのは困る。せっかく美味しく作れたケーク・サレの味が台無しになっては嫌なので、こうしてこそこそ食べていた。

それにしても我ながらいい出来映《ば》えだ。フライパンに生地を流し込んで焼き上げたケーク・サレは冷めてもしっとりとしていて、端っこはサクッと軽い歯ごたえなのもいい。適当な大きさに切ったパプリカやズッキーニのごろごろ感も食べごたえあって美味しいし、塩味の生地に野菜の自然な甘さがよく合っている。

食後に水筒に入れてきた温かい紅茶を飲むと、気分はすっかりピクニックだ。たとえ周りに立っているのが緑の葉を茂らせる木々じゃなくて、減価償却《げんかしょうきゃく》されまくった年季入りロッカーの群れだとしても。

「……ごちそうさまでした」

手を合わせて立ち上がり、自分のロッカーに据えつけてある鏡を覗く。

新人ADだった頃はこんなふうに、職場で鏡を見る余裕はなかった。常に全力疾走するせいで髪はぼさぼさ、メイクは落ちたらそのままだ。今みたいにリップを塗り直したり髪

を結わえ直す時間があるのは、私が多少出世した証でもあるのだろう。

もちろん変わったのはそれだけじゃない。三十代半ばともなればさすがに疲れが誤魔化せず、顔に出ている日だってある。今だって、鏡に映る顔は昨夜の寝不足を引きずって、随分くたびれているように見えた。

だからあえて、口角を上げる。

「……よし」

気合を入れつつ微笑《ほほえ》めば、三十五年の付き合いになる顔もなかなか悪くなかった。あいにく美人と言われたことはないものの、優しそうとはよく言われる。この間もプロデューサーの千賀《ちが》さんに番組予算のことで苦言を呈したのに、全部言い終えた後で向こうから返ってきた言葉は『なんか今日はご機嫌だね！』だった。

垂れ目、丸顔、下がり眉と確かに威厳とは程遠い。父は『霧歌《きりか》は年々母さんに似てくる』と言うし、私も鏡の中の自分に母の面影を見ることがある。そういう意味でも、私はこの顔が好きだ。

「よしっ」

もう一度気合を入れた私の背後で、ロッカールームのドアが開く。

「あっ、浅生さん。おはようございます！」

今年度の新人ＡＤ、古峰蒼衣《ふるみねあおい》ちゃんが鏡越しに私を見て、ぴょこんと頭を下げてきた。

入社したての頃はきれいな丸みボブだった彼女も、今は伸びた髪を小鳥のしっぽみたいに結んでいる。カーゴパンツに左右非対称の紋様を描くがごとく貼りつけたバミリテープもいかにも新人ADさんらしい。あどけなさの残る顔立ちは連日の激務にもかかわらずつやつやしていて、私の目には眩しいくらいだ。

「おはよう、今日も頑張ろうね」

元気をもらって振り返った私に、古峰ちゃんはもう一度頭を下げる。

「すみませんっ！　手が空いてたら大至急お願いしたいことがあって――」

――よかった、朝ご飯済ませておいて。

一呼吸置いてから、私は大きく頷いた。

「いいよ、任せて！」

私たちの職場はいわゆる番組制作会社で、株式会社チルエイトという。チルアウトとクリエイトを足してチルエイト、が由来だ。社員は私を含めて二十人前後、西新宿駅から徒歩五分という駅近ビルの五、六階にオフィスを構えている。最近では関東ローカルのお昼のワイドショーや深夜バラエティーの番組制作が主な業務だった。

番組制作会社とは簡単に言うとテレビ局の下請けで、テレビ番組やその中のコーナーなどの企画から撮影、編集まで請け負う。チルエイトは小規模ではあるものの自前のスタジオと編集室を備えており、うちだけで完全パッケージ化——つまりテレビ局側へのテープ納品までできるのが売りだった。

テレビのお仕事には華やかなイメージがあるだろうけど、大抵の制作会社の業務は地味だ。芸能人にそれほど会えるわけでもないし、テレビ局にさえそうそう行かない。ロケのない日は一日中内勤でこつこつ業務を進めることになる。それでいてスケジュール管理は厳しく、テレビ局が要求する締め切りに追われる毎日だから、ここだけの話、離職率はそこそこ高い。お給料も決して高くはない。いいところは完全能力主義なので、女だから云々《うんぬん》とは決して言われないこと、くらいかな。

私は現在、アシスタントプロデューサーを務めていた。APの業務は多岐《たき》にわたり、出演者との交渉やスケジュールの調整、ロケ地への問い合わせや収録時のセットの発注、番組予算の編成、その他撮影に必要な大小さまざまな道具の管理なども担当している。収録に携わるディレクターやAD、カメラやVE《ビデオエンジニア》などの技術スタッフをまとめて『撮影班』と呼んでいるけど、私の仕事は撮影班のみんなが滞りなく収録できるように陰日向《かげひなた》になって補佐することだった。もっともチルエイトの場合、純粋に人手不足でもあるから収録にも毎回駆り出されているし、時には編集室でのデータ編集作業にも付き合う。私の場合はディレクター経験もあるので、いざとなればカメラを回して撮影だってする。いわば何でも屋の立ち位置だった。

現在の担当番組は『文山遼生《ぶんやまりようせい》のマヨナカキッチン』、関東ローカル六局で放送されている深夜のグルメバラエティーだ。俳優の文山遼生が関東地方の名産品などを買い求め、キッチンで調理する。文山さんは現在三十七歳、容姿と実力を兼ね備えた俳優として名を馳せており、過去には映画やドラマなどにも多数出演されている。そんな彼を出演者に据え、いわゆるF1層——二十歳から三十四歳までの働く女性をターゲットにしていた。

本日はその調理パートの撮影が六階のスタジオで行われる予定、だけど——。

「食材の下ごしらえがまだ終わってなくて、手伝っていただきたいんです……」

スタジオに置かれたキッチンセットに身を潜める古峰ちゃんが項垂《うなだ》れた。

既に今日の収録に向けて準備が着々と進んでいる頃だった。セットは背景も含めて組まれているし、キッチンにはぴかぴかに磨かれた調理器具が揃っている。技術スタッフのみんなが忙しなく行き交うスタジオ内はざわめいていて、古峰ちゃんの不安げな声を聞き逃しそうなほどだ。

「終わってないってどのくらい？」

私も屈んで聞き返すと、申し訳なさそうな答えが返ってくる。

「もう、全然です」

料理番組の収録では下ごしらえから完成まで通しで実演してもらう。だけど実際に収録したものをノーカットで放送するわけではなく、調理の手元が見えにくければ別撮りでもう数カット撮ることもあるし、完成した料理を大写しするカットは何より映えを追究しなくてはならないので、別撮りをする必要がある。その為に食材はタレントさんが調理する用の他に、すぐに使えるものを用意しておくのが基本だ。放送分ではすんなり作っているように見えて、現場ではNG連発、編集で上手く撮れたシーンを繋ぎ繋ぎ作っていた――なんてことも日常茶飯事だから、なんにせよ予備の食材は準備しておく必要があった。

本日のメニューは『旬のキノコのバター醤油パスタ』。その具材となる豚バラ肉の薄切りはまだ冷蔵庫に積まれて入っていたし、野菜室のエノキダケやシメジもしっかり石突きがついたままだ。

「ええ？　今朝のうちにやっておくって言ってただろ」

チーフADの惠阪耀《えさかよう》くんが、彼女の傍らで眉尻を下げる。

入社五年目の彼は最近めきめきと頭角を現している若手の有望株だ。仕事に慣れてきた感じはファッションにも表れていて、髪は根元まできれいなカーキアッシュに染めているし、Tシャツやスニーカーは原宿で買ったというサイケデリックなデザインばかりだった。

その風貌とは裏腹に気配り屋でもある惠阪くんは、しょげる古峰ちゃんを問い詰めることはできないようだ。ただ困り顔で溜息をつく。

「まあ、できてないもんは仕方ないよな。今からやろう、浅生さんもいるし」

「うん、手伝うよ」

私も励ますつもりで頷いた。

ところが古峰ちゃんは面《おもて》を上げ、青ざめた表情で口を開く。

「実はその、本番用のカンペもまだできてなくて……」

「お……おお、盛大にやらかしたな」

よろめく惠阪くんに向かって、古峰ちゃんは勢い良く頭を下げた。

「昨夜帰ったの日付変わってからで、寝坊しちゃったんです！　すみません！」

「し、しぃっ。周りに聞こえちゃうだろ」

声を潜め、辺りをきょろきょろと窺う惠阪くんが誰のことを気にしているかはわかっている。このトラブルが知られたら、うちのディレクターはまず黙っていない。

「土師《どし》さんにバレる前に終わらせよう」

彼の口からその名前が出ると、古峰ちゃんは瞬く間に震え上がった。

「内緒にしてくださいっ、ディレクターに知られたら私ボコボコにされちゃいますよ！」

さすがにそこまでは、というか土師さんも手を出すような真似はしないだろうけど、責任感の強さゆえに収録中はことさら厳しい人だ。バレたら叱責《しっせき》は免れないだろう。

「なら、急いだ方がいいね」

私は落ち込む古峰ちゃん、うろたえている惠阪くんを急かした。

「下ごしらえは私がやっておくから、二人はカンペお願い」

「えっ、浅生さん一人で……？」

「こなせます？　結構量ありますよ」

二人は揃ってぎょっとしていたけど、笑って応じておく。

「できるできる。休憩室のキッチンで済ませてくるね」

「でも……」

「急がないと収録始まっちゃうよ。こっち終わったらカンペも手伝うから、どこでやるかだけ教えて」

「あ、じゃあ、五階の会議室で」

惠阪くんがそう言って、促すように古峰ちゃんを立たせた。その様子を横目に、私は冷蔵庫から下ごしらえが必要な食材を回収し、スタジオを抜け出す。

出る直前にちらりと確認すれば、ディレクターの土師さんはスタジオの隅で技術スタッフと話し込んでいるところだった。どうかこのままバレないうちに片づけられますように──祈りながら廊下を走り抜け、階段を二段飛ばしで駆け下り、階下にある休憩室へ飛び込んだ。途中、誰にもすれ違わず、休憩室が無人だったのも私にとっては幸運だった。

チルエイトの休憩室は社長の趣味で、落ち着いたアースカラーに統一されている。会議室が埋まっている時にも使える丸いテーブル席、もっぱら仮眠に用いられるソファー席、仕事の話なんてしたくない時用のカウンター席がそれぞれ設置された室内に、今は自動販売機の低いモーター音だけが響いていた。その中を突っ切って奥まで行くと、小さいながらも清潔なキッチンが備えつけられている。コンロと流しがあるキッチンは普段あまり使われていないけど、一応ひと通りの調理器具も揃っていた。

「よし、さっさと済ませちゃおう」

誰もいないのをいいことに、私は引き出しにしまっておいたキッチンバサミを取り出す。食材を手早く、確実に切りたい時は包丁よりもこれがいい。このハサミは自前のもので、切れ味のよさも折り紙付きだ。野菜だろうがお肉だろうがすいすいサクサク切れてしまう。使い慣れたキッチンバサミをよく洗ってから、早速下ごしらえを始めた。キノコの石突きは切り落とし、切り口も美しく揃える。豚肉の薄切りはちょうどよい一口サイズに、真っ直ぐな線で切っておいた。切ってしまえばハサミを使ったかどうかなんてわからない出来映えだ。ましてや味に影響があるはずもない。

ものの数分で下ごしらえを終えると、私はハサミを洗ってしまい、食材を抱えてスタジオへ取って返す。そして人目を忍ぶようにスタジオの冷蔵庫にしまい、ほっと胸を撫で下ろした。

さて、次は会議室に行ってカンペ作りを――。

「浅生！」

急に名前を呼ばれて、一瞬びくっとしてしまったのは不覚だ。それでも一呼吸置いて、何でもない顔をしたつもりで振り返る。

「土師さん、どうかした?」

スタジオを足早に突っ切ってこちらへ近づいてくるディレクターは、今のところ不機嫌そうでもなく無表情だ。うねり気味のミディアムヘアと黒縁眼鏡がトレードマークの、土師知彬《ともあき》さんだ。

「この間話したホームページに載せる写真だけど、撮ってきてくれたか?」

古峰ちゃんのミスを問い詰めに来たわけではないようだ。安堵《あんど》したのを悟られないように答える。

「撮ってきたよ。あとで送るから、手の空いている時に確認してもらえるかな」

「わかった、会議の前に見ておく」

土師さんは真面目に頷いた。

彼は業界歴で言えば私と同期、でも中途入社なので一応こちらが先輩の扱いだ。『文山遼生のマヨナカキッチン』では撮影班のリーダーを担っており、その仕事への熱心さから私も尊敬の念を込めて『土師さん』と呼んでいる。ADさんたちからすれば熱心すぎて怖い人なのだろうけど、私としてはこの上なく頼もしい人でもあった。

「それと、惠阪見なかったか?」

次いで土師さんがそう尋ねた時は、内心ひやりとしたものの。

「そろそろリハの時間なのに見当たらないんだよ。古峰もいないし――」

「二人なら会議室にいたかな。私も今から行くところだから、ついでに呼んでくるよ」

早口でまくし立てた私を、土師さんは怪訝《けげん》そうな目で見る。もっとも追及する時間も惜しかったのだろう、すぐに納得した様子で「頼んだ」と言った。

頼まれたからには堂々と会議室へ向かう。室内では恵阪くんと古峰ちゃんが急ピッチのカンペ作りを進めていて、私が飛び込んでいくと二人揃って顔を上げた。

「浅生さん！」

「え、もしかして下ごしらえは……」

「もちろん終わったよ。さ、次はカンペ片づけよう」

たちまち恵阪くんの表情がゆるんで、古峰ちゃんも深く息をつく。彼女は少し目を潤《うる》ませながら、私に向かって手を合わせた。

「本当にありがとうございます！」

その表情と言葉だけで、報われた気分になるから不思議だ。私には歳の離れた妹がいるから、どうしても古峰ちゃんを放っておけない――もちろんそれだけではなく、私にもADの頃があったから、先輩に怒られる怖さが身に染みてわかっているのもあるんだけど。

些細《ささい》なトラブルはありつつも、私たちは無事に収録へと漕ぎつけた。

本日は『文山遼生のマヨナカキッチン』第三回の撮影だ。

「文山さん入られまーす！」

先導する私の声掛けの後で、文山さんはスタジオ内へ向けて深々と一礼した。

「よろしくお願いします」

お辞儀一つとっても様になるのは俳優さんならではだ。姿勢のよさと均整の取れた身体つきに白いコックコートがよく似合っている。デビュー当時は『正統派イケメン俳優』としてドラマや映画に引っ張りだこだった文山遼生は、三十代半ばを過ぎた今でもその容貌に陰りが見えない。

コンクリートグレーのセット中央にはぴかぴかのアイランドキッチンが設置してある。フライパンや鍋、包丁やまな板といった調理器具がきれいに並び、本日のメイン食材であるシメジやエノキダケといったキノコ類はバスケットに、ブーケみたいに飾られていた。

「ではこれより収録を始めます！」

恵阪くんが声を張り上げる。カーキアッシュの髪と、極彩色の絵の具を適当に数色混ぜたようなTシャツのお蔭で、後ろ姿だけでも彼だとわかるのが非常に便利だ。

その横では古峰ちゃんが、さっき一緒に作ったカンペをめくって確かめているようだった。小鳥のしっぽみたいに結んだ髪が、やっぱりぴょこぴょこ揺れている。慣れない収録で緊張しているのだろうか、あどけない横顔が今は少し硬く、本番前でもなければ声を掛けてあげるのに、と思ってしまう。

技術スタッフであるカメラの来島次郎《きじまじろう》さんはこの道三十年近いベテランで、社内で最もミスをしない人だった。坊主頭で草野球仕込みの立派な足腰を誇る来島さんは、どっしり構えてアシスタントさんに指示を飛ばしたり、ＶＥさんと合図を送り合ったりしている。

ディレクター卓に座っている土師さんが片手を掲げた。

「本番十秒前！」

キュー出しはディレクターの役目だ。土師さんの低い声が響くと、既に張り詰めていた現場が水を打ったように一層静まり返る。本番直前に走るひりっとした緊張感は、私の皮膚にすっかり染みついていた。

ちなみに今回の私の仕事は、編集の際に作業がしやすくなるよう見どころを押さえ、書き留めておくことだ。なのでスケッチブックを抱えて収録に立ち会っている。

「八、七、六、五、四——」

三秒前からは声に出さずにカウントする。マイクが声を拾ってしまうからだ。代わりに土師さんの手が空を切るように時を刻む。
三、二、一、キュー。
「皆さんこんばんは、文山遼生です」

文山さんはカメラに向かって、形のいい二重の目を細めた。

まだ三度目の収録だからか、表情は柔らかいとまでは言えない。通った鼻筋と薄い唇という整った容貌からは、ともすれば冷徹で作り物めいた印象も受ける。ただ深夜番組らしい妖艶《ようえん》な笑みとも言える、とは初回放送を見たプロデューサーからのコメントだ。

「本日は旬のキノコを使ったパスタを作ります。栃木県産のキノコをたっぷり使用して、ランチにもお夜食にもぴったりなお手軽パスタを仕上げますよ」

文山さんは滅多にNGを出さなかった。一応用意するカンペも、古峰ちゃんがいかに一生懸命掲げていてもほとんど見られず収録が進む場合が多い。

プロフィールに『趣味：料理』と書くだけあって、料理の手際のよさはさすがの一言だった。

「キノコは石突きを切り落とします。もったいないので、ぎりぎり根元で切りましょう」

包丁を持つ手は危なげなく、丁寧に石突きを切り落とす。カメラが寄っても震えるどころか、見やすいように画を意識して調理できるのが文山さんだった。

パスタを茹でる為のお湯を沸《わ》かしつつ、フライパンでキノコと豚肉を炒める。スタジオ内にじゅうじゅうといい音が響き始める頃が、撮影班にとっては一番の難所だ。いかにきれいに、そして美味しそうに撮るか――スタジオの空気が一層張り詰める中、文山さんはフライパンに醤油を投入した。

「調味料はシンプルに醤油とバターだけです。先に醤油を入れて、水分を飛ばしたらバターを絡めてください」

醤油の焦げるいい匂いに、更にバターが足されると、こちらもお腹が空いてくる。この手の番組で作られた料理は『スタッフが美味しくいただきます』ということになっているけど、さすがに全員に行き渡る量が作られることはないから、まず撮影班が優先でＡＰの私にまでは回ってこない。朝ご飯を食べておいて、本当によかった。

「さあ、パスタも茹で上がる頃ですね」

文山さんは慣れた手つきでトングを使い、茹でたパスタを掬《すく》い上げる。手には年齢が表れるというけど、彼の手はいつも白くなめらかできれいだった。細長い指はいい感じに関節が目立ち、手の甲には百合の葉脈のように血管が浮き上がっている。

視聴者層のニーズに応え、彼の手は入念に、そして美しく撮るようにとプロデューサー命令が下っているそうだ。カメラの来島さんがズームを多用するのもそのせいだろう。

私もまたその手に見入っていれば、いつの間にか隣に当のプロデューサーが立っていた。千賀信吾《しんご》さん――チルエイトの社長でもあり、私にとって業界の大先輩でもある千賀さんが、穏やかな表情で腕組みをする。来年で五十歳になる千賀さんは私よりも頭一つ分背が高く、それでいて手首は私よりも細いほど痩《や》せていた。私が無言で視線を送ると、笑い皺《じわ》を一層深めて頷いてみせる。収録は順調だ。そう言いたいのだろう。

確かに、収録自体は順調だ。結局今日もＮＧ一つ出すことなく調理を終えた文山さんは、カメラに向かって湯気の立つパスタを差し出してみせる。

「最後に大葉の千切りを載せたら――本日のメニュー、旬のキノコのバター醬油パスタの完成です」

カメラに向かって微笑む彼は、妖艶というより、私にはやや冷たい表情に見えていた。

その表情と同様に、番組の視聴率もいささか冷えている。


『文山遼生のマヨナカキッチン』、初回放送分の視聴率は一・七パーセントだった。

収録後の制作会議で視聴率が告げられると、出席者全員が難しい表情になる。

「一・七かあ……思ったより、って感じですかね」

恵阪くんが疲れた顔に苦笑いを浮かべた。

「まあ、悪いわけでもないけどね」

千賀さんがなんとも言えない表情で応じる。

実際、深夜帯の視聴率として一パーセント台は珍しくもない。測定不能だってざらにある時間帯で、とりあえず普通の数字が出たということだ。

ただ、私たちはもっといい数字が出るかもしれないと期待していた。

チルエイトのあまり広くない会議室には収録後の疲労感も相まって、気だるい空気が漂っている。出席者はプロデューサーの千賀さんとディレクターの土師さん、チーフＡＤの恵阪くん、そしてAPの私の計四人だ。華のない四角い作業机を囲み、視聴率という現実と向き合っている。

「文山遼生を起用した割には、って思いますけどね」

土師さんは遠慮のない口調で言って、肩を竦《すく》める。

「ネットでは話題になってたし、もっと注目集まってるかと踏んでましたよ。初回放送で楽に数字が取れるんじゃないかと——見込み甘かったですね」

「一応、録画率は高めに出てます」

私が口を挟むと、土師さんがこちらを見て皮肉っぽく笑った。

「それって、何らかの失言を期待してじゃないのか？　仮に爆弾発言があったとして、そのまま流すわけないのにな」

全くもってその通りだけど、視聴者には彼の失言を期待する向きもあるようだ。残念なことに。

文山遼生は昔こそ正統派イケメン俳優として飛ぶ鳥を落とす勢いがあった。彼を深夜の料理番組に起用したのは帰宅後の働く女性たちに見てもらえるようにとの狙いがあったからだし、もちろん料理上手だからという理由もある。

ただ、この起用には別の側面もあった。

ここ八年、文山さんは仕事を失い、芸能界を半ば干されている。八年前にスキャンダルを起こしていたからだ。若手人気女優との密会報道は、本来ならただの熱愛発覚として処理されるべきものだったけど、間の悪いことにその女優には直前に親密さが報じられた別の俳優がいた。渦中の女優が恋愛映画への初主演を控えていた為、『魔性の女』として箔《はく》をつけようと密会の時点から事務所側が仕組んだ——などとも言われている。

結果、件《くだん》の女優は芸能界に嫌気がさしたと電撃引退。

更に釈明を求められた文山さんは、報道陣に向かってこう怒鳴《どな》ったのだ。

「俺は何も間違ったことはしてない！」

彼のその叫びはセンセーショナルに報道された。女優のファンたちからは『彼女を引退に追い込んだ男』としてバッシングを受け、週刊誌やネットニュースには面白おかしく書きたてられ、今では『マヨナカキッチン』しか仕事がないという窮状《きゅうじょう》である。

逆に言えば、そんな状況だからこそ深夜の料理番組に二つ返事で出演していただけたのだ。

「何年も前のことだし、もう沈静化してるかと思ったんですけどね」

願望も込めて私は言った。

もっとも、他の三人から返ってきたのは微妙な半笑いだ。

「沈静化しない方がいいっちゃいいんじゃないですか。録画してくれる人も増えるし」

恵阪くんの身も蓋《ふた》もない発言に、土師さんも頷く。

「それはあるな。あとは、本来のターゲット層にどう届けるかだ」

そこで千賀さんは唸《うな》るように考え込み、私に目を向ける。

「浅生、文山さんの様子はどうだった？」

収録後、出演者が帰りのタクシーに乗るまで見送るのも私の仕事の一つだ。文山さんも会議前に見送ってきたところだったけど、『収録順調に終わりましたね』『さすが、料理お上手ですね』といった世間話には乗ってもらえなかった。お疲れ様でした、とだけ言ってタクシーに乗り込んだ文山さんは、見送る私の顔を一瞥《いちべつ》もせず帰宅の途に就いている。

「正直、スタッフともまだ打ち解けられている印象はないと言いますか……」

誤魔化しても仕方がないので正直に答えれば、千賀さんはおっとりと笑った。

「すぐに打ち解けるのは無理だろうけど、なんとかしていきたいねえ。ぶっちゃけ、文山さんも深夜番組なんかって腐っていらっしゃるところもあるんだろうし」

スキャンダルさえなければ映画やドラマで主演も張っていたであろう人だ。不貞腐《ふてくさ》れる気持ちがあっても当然だし、理解だってできる。

でもこちらとしては、それでは困るのだ。

「文山さんも、やる気がないわけではないんだと思います」

私は重い気分を吹き飛ばすように畳みかける。

「現に文山さんからは番組用にレシピの提案を、一クール十二回分既にいただいておりまして」

「十二回分？　全部？」

「はい。それ以外にも、食材やロケ地の都合がつかなかった場合の予備までです」

テキストファイルにびっしりと書き連ねたレシピを送ってもらった時は、文山さんの静かなやる気を感じて嬉しくなった。

「レシピの書き方も丁寧なんですよ。どれもすぐ作れるように事細かく記してくださって、監修のフードコーディネーターさんも『直す必要がほぼないですね』と仰ってました」

私の言葉に、惠阪くんが笑顔で続いた。

「あのレシピ、段取りがわかるから撮影のポイントも押さえやすいんですよね！　カメラの来島さんも『早稲田式のスコアブック並みにわかりやすくて助かる』って絶賛してましたよ」

「へえ、来島さんが……」

千賀さんが目を見開く。職人気質の来島さんは軽々しくお世辞を言わない人で、なんでも野球に例える人でもあった。

「お蔭で撮影班も助かってます。今は浅生に、食材に合うロケ地の選定を進めてもらってるところです」

話を継いだ土師さんが、真剣な眼差しを千賀さんに向ける。

「あとは俺たちの方でも文山さんのやる気に応え、番組を盛り立てていけたらと思います。俺はこの番組、まだ数字が取れると考えているんです」

千賀さんは私たちの顔を見比べるように眺め、微笑んだ。

「そうか。まあ……数字に踊らされ過ぎないようにな。一・七はそこまで悪い数字じゃないんだから」

どこか宥《なだ》めるような言い方にも聞こえたからだろうか、土師さんの顔に一瞬歯がゆそうな表情が浮かぶ。

千賀さんが初回の視聴率にそこそこ満足している様子なのは言動から見て取れた。それこそ失言などで炎上するよりはいい、という判断なのかもしれない。もっとも土師さんだけではなく、私だって今の数字に満足なのかと言えば決してそんなことはなく――。

「そうだ、浅生。例の写真の話をしよう」

土師さんが持参したタブレットに私が撮ってきた写真を表示させ、千賀さんの方に傾けた。

「初回放送のレシピ、浅生が作ってみてくれたんです」

今朝食べたケーク・サレを撮影した画像だ。『文山遼生のマヨナカキッチン』第一回のメニューである『秋野菜のごろごろケーク・サレ』を家に帰ってから作ってみた。結構美味しく出来たのでその話を土師さんにしたら、写真を番組ホームページに載せてはどうかと提案されたのだ。焼き上がり直後の丸いものと、きれいに切り分けてお皿に盛りつけたもの、ちゃんと二種類撮ってきた。

「文山さんと違って、素人クオリティーで恥ずかしいんですけど……」

あくまで必要に駆られて作っているだけなので、普段も他人に料理を見せる機会はほぼなかった。番組の為でなければこんな写真も撮らなかっただろう。大写しにされた画像に私はそわそわしていたけど、千賀さんは感心したような声を上げた。

「へえ、これを浅生が！　そういえば料理ができるんだったな」

「できるってほどではないんですけど、少しは作れます」

「いやいや、これだけ作れるなら胸を張っていい。きれいな焼き色じゃないか」

「そ、そうですかね。よかった……」

千賀さんのお言葉につい顔がゆるむ私を、土師さんがさも当然と言いたげに見る。

「だから言っただろ、問題なく撮れてるって」

「土師さんは写真しか褒めてくれなかったでしょ。ちょっと心配だったんだよ」

「いい画だって褒めたことの何が悪いんだ」

土師さんは不服そうにしていたけど、料理の写真を見て『問題ない』としか言わないのはやっぱりどうだろう。それでなくともこちらは素人料理を職場の人間に見せるのでびくびくしていたというのに。

一方、食いしん坊の惠阪くんは目をきらきらさせて写真に食いつく。

「うわー美味《うま》そうっすね！　これは一口食べたかったなあ！　次の物撮《ぶつど》りには俺も呼んでくださいよ！」

褒められるのはもちろん嬉しいけど、今朝のケーク・サレはこっそり食べておいてよかった。惠阪くんに見つかっていたら貴重なご飯を分けてあげざるを得なかっただろう。

「この写真を、番組ホームページにレシピと一緒に掲載しようと思うんです」

私は千賀さんに、写真を撮った理由をそう説明した。

「文山さんだけではなく、スタッフにも簡単に作れたという点を視聴者にも知っていただくことで、番組への興味もより深まるのではないかと」

「番組への導線は多い方がいいです。この件に関しては浅生が全面協力してくれるというので、俺は任せたいと思います」

土師さんが続けると、千賀さんは心配そうに眉を顰《ひそ》めた。

「やってくれるのはありがたいけど……浅生、大変じゃないか？　こういうのは初回の一度きりというわけにはいかない。ホームページの更新でスタッフの番組に対する熱量を見る人もいるからね。一旦始めたらある程度は続けなければならないけど、できる？」

正直、負担じゃないとは決して言えない。だけど、やりたい。そうすることで番組を盛り立てていけるのなら。

「できます」

私はきっぱりと答えた。

恵阪くんが音のない拍手をくれ、土師さんは審判を待つように千賀さんを見やる。

千賀さんは、表情をふっと和らげて言った。

「わかった。じゃあ次の写真も楽しみにしてるよ、浅生」


仕事を終えて会社を出るのは、いつも遅い時間になる。

とはいえ小田急《おだきゅう》線で町田《まちだ》まで帰る私は、遅くとも日付が変わる前に新宿駅へ駆け込まなくてはならない。仕事帰りの人とほろ酔いの人が半々くらいの新宿駅を抜け、朝よりはいくらか空いている小田急線に三十分揺られて帰る。町田駅は遅い時間でも煌々《こうこう》と明かりが点っていて、駅構内こそ狭いものの行き交う人の量は新宿と遜色《そんしょく》ないほど多い。

駅から更にバスに乗るから、実質的な通勤時間は一時間超だ。職場の人に町田に住んでいると話すと、声を揃えて『遠くない？』と言われる。二十三区内に住んだ方が通勤は便利だとわかっていたけど、部屋探しの時、どうしても譲れない条件があって町田に決めた。

一つは、二十三区内よりも安い家賃で広い部屋が借りられること。

もう一つは、妹の通学に便利なこと、だった。

「ただいまー……」

帰宅途中にスーパーに立ち寄り、町田と相模原《さがみはら》の境界線、境川《さかいがわ》のすぐ傍に建つアパートに帰ってきたのは午後十時少し前だ。これでも今夜は早い方だった。明かりの消えた部屋の中に声を掛けても返答はなく、私は黙って電気を点ける。

妹と暮らしていたのは去年までのことなのに、未だに声を掛けてしまう習慣が抜けていない。八つ年が離れた妹の華絵《はなえ》は現在横浜《よこはま》で就職していて、おまけに彼氏と同棲中、とても幸せそうにしている。２ＬＤＫの部屋に今は私が独り暮らしで、近いうちに引っ越したいなという願望だけはずっとあった。踏み切れないのは単に仕事が忙しいからだ。

朝から働き詰めではあったけど、着替えて手を洗ったらキッチンへ向かう。

ちゃんと食べないと疲れも取れないし、何より今日の収録の記憶が残っているうちに作っておきたい。千賀さんの前で大見得を切った以上、次回放送に間に合うように『旬のキノコのバター醤油パスタ』の物撮りを済ませておかねばならない。

『本日は旬のキノコを使ったパスタを作ります。栃木県産のキノコをたっぷり使用して、ランチにもお夜食にもぴったりなお手軽パスタを仕上げますよ』

収録時の文山さんのコメントを思い起こしつつ、私はキッチンに立つ。

私の料理の仕方は、文山さんとは少し違う。

まず、うちのキッチンには包丁がない。

代わりに取り出したるは清潔なキッチンバサミ、私はこいつで大抵の食材を下ごしらえする。お肉もお魚もお野菜も、ほとんどをこれ一本で食べやすく切ることができるから便利だ。昔からずぼらというか適当な性分で、台所に初めて立った時、いろんな食材をハサミで切れることに気づいてしまった。それからはもう包丁なんて技術の必要な刃物は使っていない。

『キノコは石突きを切り落とします。もったいないので、ぎりぎり根元で切りましょう』

記憶を手繰《たぐ》りつつ、私もキノコの石突きを切り落とす。キッチンバサミでシメジ、エノキダケ、マイタケとぱちんぱちん切っていく。キノコは野菜類よりも柔らかくて切りやすいから好みだった。

それが終わったら豚肉も切る。普段の調理では切り落としとして売られているお肉をそのまま鍋にぶち込むこともあるけど、今回は物撮りが控えているので上品に、一口サイズに切っておこう。切れ味鋭いキッチンバサミはサシが入っていようが筋が多かろうが関係なく、豚肉の下ごしらえもものの数秒で完了した。

「おっと、パスタも茹でないと」

文山さんがこの時点でお湯を沸かしていたのを思い出し、慌てて用意をする。といっても私は鍋なんて使わない。電子レンジでパスタが作れる容器に、

「ふんっ」

力任せに捻り折ったパスタと水を入れて、あとはタイマーをセットするだけだ。

電子レンジにパスタを任せている間、ソース作りに戻ろう。フライパンにサラダ油を垂らしたら、キノコと豚肉をいっぺんに入れて炒める。火が通ったキノコがしんなりとして、豚肉の色がしっかり変わったら、いよいよ調味料を投入だ。

『調味料はシンプルに醬油とバターだけです。先に醬油を入れて、水分を飛ばしたらバターを絡めてください』

熱したフライパンに醬油を一さじ入れると、たちまちじゅうっと蒸発しそうな音がする。ほんのり焦げてくるいい匂いまでして、一層お腹が空いてきた。そこにバターもひとかけ入れたら、狭いキッチンはバター醬油の背徳的な香りでいっぱいになってしまう。

電子レンジが終了のアラームを鳴らしたら、あとはお湯を捨てて盛りつければ、ついに完成――。

『最後に大葉の千切りを載せたら――本日のメニュー、旬のキノコのバター醬油パスタの完成です』

そうだ、最後に大葉を載せないと。

洗ったキッチンバサミで大葉を細く切って、パスタの上に散らせば、今日収録で見たものと遜色ないパスタの出来上がりだ。

「いや、『遜色ない』は言い過ぎか……」

よくよく見れば大葉は一部切りきれていなくて繋がっているし、キノコや豚肉の照りも文山さん作パスタの方がきれいだった。もちろんそれはスタジオの素晴らしいライティング設備と、一般家庭の平凡な照明との違いもあるだろうから、見劣りするのは致し方ない。

それに多少見劣りしようが、ぺこぺこのお腹は今すぐ食べたいと言っている。

しかしその前に物撮りだ。私はデジカメを鞄から取り出し、撮影の準備を始める。

今回は事前にカメラの来島さんから、料理の美味しそうな撮り方を聞いておいた。

『湯気の立つ料理は低めの室温と高めの湿度で撮るのがいい。理想を言えば黒背景が一番適している。せっかくの湯気が消えたら元も子もないので、スピード感が肝要だ』

本職のありがたいお言葉通り、エアコンで室温を下げてみる。黒背景になるものが見当たらなくて、やむなくデスクトップパソコンのディスプレイを背景にした。デジカメを構えて、立て続けに何枚、何十枚と撮る。キノコと豚肉をたっぷり載せたパスタからは白い湯気がゆらゆらと立ちのぼり、写真には写せない美味しそうな匂いも漂《ただよ》わせていた。照明を斜めに当てて照りのよさを表現すれば、シズル感もばっちりの被写体が出来上がる。

「……うん、いい感じ」

撮影後の画像フォルダを確認すると、湯気の形が美しく写っているものが何枚かあった。これだけ撮っておけばホームページに載せるに相応しいものもあるだろうし、いい感じに加工もしてもらえるだろう。

一仕事終え、リビングに置いたローテーブルにパスタとお茶と箸《はし》を運び、一人座って手を合わせた。

「いただきまーす」

誰も返事をしないのはわかっているけど、独り言を口にせずにはいられない。それが独り暮らしだ。

散々焦らされた上でようやくありつけた『豚肉とキノコのバター醤油パスタ』は実に美味しかった。濃厚なバター醤油がこりこり食感のキノコや柔らかい豚肉とよく絡み、パスタが進む味わいだ。散らした大葉の香り高さもいいアクセントになっていて、こってりめなのにいくら食べても飽きが来ない。夜食にしては背徳的なメニューかもしれないが、これも仕事のうちだからいいのだ。食べてしまうのだ。

パスタをぐいぐい減らしつつ、思い浮かぶのは母の顔だった。

母は、私がキッチンバサミで料理することをよく思っていなかったようだ。

『みっともない、ちゃんと包丁を使いなさい。私が元気になったら料理を教えるからね』

でもその約束は叶っていない。病気に倒れた母は、入退院を繰り返した後に四十代半ばで亡くなった。私が二十歳頃の話だ。

私は三十五になった今でも、キッチンバサミで料理を作り続けている。母の言う通り、みっともないのだろうと思うから、妹と父以外の前では料理をしたことがない。もっともあのケーク・サレもパプリカやズッキーニはハサミで切ったものなのに誰にもバレなかった。

母を亡くした私は、二十二の時に就職の為、上京した。

妹の華絵も、こちらで進学したいと言って高校入学前に東京へやって来た。地元に残った父から仕送りがあったとはいえ、新入社員の安月給で賄えるだけの家賃の部屋を探すしかなかった。幸い、妹の通学先は高校も大学も多摩《たま》地区で、彼女にとって通いやすい環境を整えることができたことだけはよかったと思う。

でも今となっては、ここに住み続ける理由もない。

引っ越そうかな。このアパートに素敵な思い出はたくさんあるけど、もっと会社に近い方が通勤も楽になる。仕事が立て込んでいる時も家が近ければ着替えを取りに戻るとか、シャワーを浴びに帰るとかできるし——お部屋探しの条件が仕事に関係することばかりなんて、私も他人のことが言えないくらいには仕事中毒になっているのかもしれない。

溜息をついた時、不意に手元のスマホが鳴った。

私はスマホを二台持っていた。会社で支給されている社用スマホと、自分で契約した私用のものだ。音もなく震えたので鳴ったのは私用の方だとわかり、安堵しながらディスプレイに表示されている名前を確かめる。

『華絵』

妹の名前を見て、ためらわず電話に出た。

「――もしもし？」

『あ、お姉ちゃん！　もうお仕事終わってた？』

朗らかなその声を耳にしたのも何ヶ月ぶりだろう。華絵はこの部屋を出てからもマメに連絡をくれていたけど、大抵はメッセージのみのやり取りでこうして電話で話すことはなかった。完全土日休みで九時五時勤務の華絵と、撮影やロケなどの都合で休みがずれがち、残業も頻繁な私ではなかなか時間が合わないからだ。

「今日は割と早く帰れたんだ。ちょうど晩ご飯食べ終わったとこ」

『そうなんだ！　いつもこのくらいに帰れたらいいのにね』

華絵はいくつになっても屈託《くったく》なく笑う。その笑い声を聞くと、私の心もほんのりと温かくなった。彼女は今も幸せなんだろうと実感できるからだ。

「ところで、何か用だった？」

『あー……うん。お姉ちゃんに話したいことがあって』

彼女は電話越しにもわかるくらいはにかみ、改まった口調で続ける。

『実は私たち、結婚することにしたんだ』

結婚。

聞き慣れない単語が耳から入り込み、すとんと胃の底まで落ちてきた。

いた。

それもそうか。華絵は彼をとても大切に想っていたし、飯島くんも妹を大切にしてくれていた。

同棲しているはずの彼氏の名前を口にすると、華絵は当たり前のように肯定してみせた。

『そう、智也《ともや》と。やだな、他にいないよぉ』

「えっ、と、い、飯島《いいじま》くんと⁉」

『そうだよ』

「結婚⁉」

そう思うと、さざ波のように幸福感が満ちてくる。

そっか、結婚。ついに、華絵が。

「おめでとう！　えーもうすっごく嬉しいよ！　おめでたいじゃない！　お祝い何がいい？　何がいい？　お姉ちゃん奮発しちゃうよ！」

『え、そんな。気持ちだけでいいってば』

照れ笑いの後、でも、と彼女が続ける。

『一回会いたいとは思ってるんだ。ご飯でも食べながらさ。智也もお姉さんに改めてご挨拶がしたいですって。都合を合わせてもらえたら嬉しいんだけど……難しい？』

難しいものか。可愛い妹の為なら使わなさすぎて発酵《はっこう》しかけている有休だって使ってみせよう。あの千賀さんが駄目なんて言うとは思えないけど。

「全然大丈夫！　近いうちに社長と交渉するから、日取り改めて相談しようね。華絵は飯島くんとお店選んどいてよ。私が出すから、ちょっといいとこ食べに行こう！」

『本当？　ありがとう……！』

約束をして電話を切った後、スマホをテーブルに置いた私は床に横たわる。

見慣れた照明器具の光が顔に降り注いできて少し眩しい。でもちっとも悪い気がしなかった。同じくらい、全身で幸福感を浴びている気分だ。

「華絵も結婚かあ……」

ずっと、あの子の幸せを願ってきた。母を亡くしてからはずっと、あの子を幸せにすることこそが私の役目だと思っていた。振り返ってみれば私自身は大したこともしていないけど、あの子はちゃんと自分の手で幸せをつかみ取っている。よかった。本当によかった。

でも、思ったより早かったかな。

そうでもないか、今年で二十七歳だ。結婚するのに早すぎる歳でもない。飯島くんも同い年だったし、きっとライフプランとか話し合った上で今と決めたんだろう。

そこまで考えて、はたと気づく。

「……私、もう三十五だ」

思わず飛び起きた拍子《ひょうし》、膝をローテーブルにぶつけた。鈍い痛みに呻きつつ、それよりも現実的な自らの年齢に思いを馳せる。

妹が結婚を決めている一方、私には現在彼氏もおらず、結婚の予定もない。ライフプランなんて考える暇もないまま仕事だけに奔走している。正直結婚には憧れるし、したくないわけではないものの、そもそも今の状況では相手探しもままならなかった。過去に運よくできた歴代彼氏たちは、多忙にかまけて放置しているうちに音信不通になっているのが常だった。彼らは全然悪くない。

周りを見てみれば、うちの社内でもおめでたい結婚報告というものを滅多に聞かない。最新の結婚事例は社長の千賀さん夫妻で——なんと十年前の話だ。激務に次ぐ激務の業界とはいえ、さすがにご縁がなさすぎないか。

「もしかして、ぼちぼち焦った方がいい……？」

膝を抱えて呟いてみても、答えてくれる人はもちろんいない。

果たしてこのままでいいのだろうか。仕事に追われる毎日の先に待っているのが独り言ばかりの寂しい日々、なんてあまりにも空っぽすぎやしないだろうか。逆に言えば独り暮らしを謳歌している今こそ、彼氏の探し時と言えるのではないだろうか。

不意にそんな考えが浮かんだ、三十五の秋だった。

★

第二話

飲み会の後のひとくちパンケーキカナッペ

★

妹から結婚報告を受けた次の日の朝、私は出勤してすぐに千賀さんの元へ向かう。

「千賀さん、おはようございます！」

オフィスの自分の席に座っていた千賀さんは老眼鏡のレンズを跳ね上げ、傍らにいる絢《じゅん》さんとにこやかに談笑していた。絢さんの方が先に振り返り、優しく目を細めてくれる。

「朝から元気一杯だね。昨夜も遅かったんじゃないの？」

案じるような絢さんの問いには張り切って答えた。

「昨日はわりかし早く帰れたんです。だからフル充電済みです！」

早いと言っても午後九時上がりだし、昨夜は興奮しすぎて全然眠れなかった。それでも寝不足感はなく、上手いこと休みの交渉を成し遂げようという使命感だけがあった。

「すごいなあ、若さだね。私も見習わないと」

羨ましそうに唸る絢さんだけど、私より五年先輩ながら、小学生の娘さんがいると聞くと驚く人は多い。疲れの色を見せない溌溂《はつらつ》とした雰囲気がそう見せているのかもしれない。単に色白美人というだけでなく、表情の柔らかさ、おっとりした話し方から、内側にいつも暖かい光が点っているように見える人だった。濃いめのミルクティー色に染めた髪をゆるく三つ編みにしていて、そのふんわりした空気感に私は入社した頃から憧れている。

絢さんは私にAPの仕事を教えてくれた人でもあり、現在はやはりAPとして別番組を担当されている。一緒にお仕事をする機会がないのが寂しいけど、それは私が立派に独り立ちしている証でもあるから仕方がない。

「フル充電か。その感覚は久しく味わってないな」

千賀さんが竦めた肩を、絢さんは労るようにそっと撫でる。

「またお年寄りみたいなこと言ってる。老け込むにはまだ早いでしょう？」

「いや、僕なんてもう年だ。そろそろ赤いちゃんちゃんこを着ないと……」

「それは早すぎ！　あと十年はあるじゃない」

おかしそうに噴き出す絢さんを見て、千賀さんも満面の笑みを浮かべた。この仲睦《なかむつ》まじさからもわかる通り、お二人はご夫婦だ。

この上なく和やかな空気を好機と見て、私は本題に入ることにする。

「実は、折り入ってお話ししたいことがありまして」

そう切り出すと、千賀さんと絢さんが同時にこちらを見た。

「折り入ってって……改まって、どうした？」

「私、外した方がいい？」

「いえ、絢さんもここにいてください」

私がもったいつけたからか、オフィス全体がただならぬ気配でざわめく。千賀さんも眼鏡のレンズを下ろし、絢さんも三つ編みの結び目を整えながら居住まいを正した。

一転してそわそわし始める空気の中、私は威勢よく告げる。

「この度、私の妹が結婚することになりました！」

「えっ、妹さん？」

「華絵ちゃんだよね？」

千賀さんと絢さんが、息ぴったりに聞き返してきた。

「そうです！」

「あれっ、そんな歳だったっけ？　僕の中じゃまだ学生さんなんだけど」

「確か、浅生より八つくらい下だったよね」

「はい、もう二十七ですよ。お蔭様で立派な大人になりました」

誇らしい思いで応じると、千賀さんはしみじみと肩を落とす。

「そんなになるのか……僕も歳を取るはずだ」

それを見て絢さんはくすくす笑っていた。

千賀さん夫妻と妹に直接の面識はない。ただ華絵の在学中はやれ学校行事だ三者面談だ部活の全国大会だと、休みをもらう機会も少なくなかった。私も妹の卒業写真や成人式の写真を撮っては職場で披露していたので、お二人も妹のことをよく知っているし、たびたび気遣ってもくれている。

「そうか、あの子も結婚か……」

千賀さんは不意に掛けていた眼鏡を外し、ハンカチで目元を拭い出した。

「わわ、泣かないでくださいよ！」

「ごめんごめん。最近涙もろくてね」

ハンカチを持つ千賀さんの手は、一時期に比べるとがりがりに痩せている。左手首にはいつも先輩プロデューサーから貰った腕時計を付けているけど、そのベルトが昔よりも細いところで留まっているのを見る度に、少しだけ胸が苦しくなった。

「近頃はずっとこうなの。娘がランドセル背負っている姿見るだけで泣いたりね」

こっそりと絢さんが教えてくれたから、私は笑うべきか、気遣わしげにしているべきか迷う。でも、考えた末に笑っておいた。

千賀さんは涙を拭いた後、照れくさそうな顔をする。

「お姉さんが笑ってるのに僕が泣いてちゃいけないな。しかし、浅生も嬉しいだろ？　うちに入ってから妹さんの為に毎日頑張ってたもんなあ。肩の荷が一つ下りたな」

確かに、一安心という気持ちはあった。独り立ちしたとはいえ実家は遠方、何かあった時に頼るのは近くに暮らす私だろうと思っていたからだ。実際は飯島くんと暮らし始めた華絵が私を頼ってくることは滅多になくなっていたんだけど——あの子はいい人と巡り会った。本当にそう思う。

もっとも姉の役目がこれで終わりかというと、そうではないはずだ。

「いえ、ご祝儀の支度がありますからまだまだです」

華絵が引け目なんて一切感じないように、がんがん稼いでたっぷり包んであげなくてはならない。私が胸を張ると、途端に千賀さんもはっとしてみせる。

「そうだ、ご祝儀。うちからも出すよ」

「いえいえそんな！　私の結婚でもないのに、職場からは貰えないですよ」

「じゃあうちの夫婦から出すから」

もちろんお気持ちは嬉しいんだけど、困ったな。この後の有休申請が言い出しづらくなってしまう。

「ありがとうございます。あの、ここで切り出すと図々しいかなって思うんですけど――」

私は遠慮がちに続けた。

「来月あたりの週末、一度妹たちと会ってお祝いしたいんです。スケジュール見て予定のない日を選ぶつもりですが、場合によっては有休取らせていただきたくて」

「お、いいね。実家帰るの？」

「いえ、こっちで食事会だけ。なので一日でいいんですけど」

「一日なんて言わず二日取りなよ。大事な妹さんのお祝いだろ」

持つべきものは優しい社長、全くありがたいお言葉だ。

現実的にはAPの私が撮影やロケに不在というわけにはいかないので、予定のない週末をがっちり押さえておかねばならない。今から根回しすればいけるかな。あとで撮影班とも相談しておこう。

目尻の皺を深めて微笑む千賀さんに、私は照れながら言い添える。

「それでですね、いい機会なので、私も結婚したいと思ってるんです」

「え⁉」

驚きの声を上げた拍子、千賀さんは椅子からずり落ちかけた。慌てて絢さんがその肩を支えたので実際に落ちることはなかったものの。

と同時にオフィス内にも先程とは比べものにならないほどのどよめきが上がる。それもそうだ、『同僚の親族の結婚』と『同僚の結婚』では受け止め方もまるで違うだろう。

私も言い方を誤ったことに気づき、大急ぎで訂正した。

「あ、すみません。予定は全然ないです、相手もいませんし」

「……そ、そうなんだ。びっくりした……」

千賀さんは大きく息をついた後、取り繕うように椅子に座り直す。

「いや、びっくりするのも浅生に失礼か。むしろ意外だな、君に相手がいないなんて」

付け足された言葉は社長なりのフォローなんだろう。しかし意外も何も、この人の下で働いてきた十三年の間に私が結婚を匂わせたり、彼氏の話をしたりしたことは一度としてなかった。そもそも私が自らの恋愛を後回しにしてきたこともまた事実だ。

これまでの人生、妹の幸せと仕事ばかりに邁進《まいしん》してきた自覚はある。でも、ふと立ち止まって自分の幸せとは何かと考えてみた時、思い浮かぶのはやはり妹が笑顔でいてくれること、仕事がとにかく順調であること、地元にいる父が元気でいること、美味しいものを作って食べられること――全部もちろん幸せではあるけど、それらをぽちぽち誰かと分かち合いたい、という欲求も決してなくはなかった。

「浅生がいざ結婚となったらもちろん祝福するし、育休制度もあるしな」

「いくらでもサポートするから、気軽に言ってね」

千賀さんも絢さんも励ましてくれる。

チルエイトに産休、育休があるのはもちろん知っているし、過去には絢さんが取得していたこともある。だからその点については心配していないけど、それ以前に相手を見つけられないことにはどうしようもない。結婚は一人ではできないのだ。

なので、私は優しい社長夫妻に持ちかけた。

「ありがとうございます。じゃあ早速お願いがあるんですけど……千賀さんの伝手《つて》でちょうどいい相手を紹介してもらえたりしませんか？」

その瞬間、ここまでずっと仏のようだった千賀さんの顔にかつてないほどの苦悶《くもん》の表情が滲《にじ》んだ。隣で絢さんが見守る中、うう、と小さく唸った後、答えを絞り出された。

「む、難しいなあ。いや、君はもちろん素敵な女性だけど、考えてみたら僕の知り合いに君と同世代で独身って奴があんまりいなくて——あ、全くいないってこともないだろうけど！」

上司に気を遣わせてしまっていると申し訳ない気持ちになる。業界歴二十年超の千賀さんの伝手をもってしても、私の結婚相手を探すのは容易ではないようだ。自分でもわかっていたことなのでショックはなかった。

「ここは社長の力の見せ所だね」

絢さんが頼もしげに見やると、千賀さんはますます困った様子で額の汗を拭った。

「よしわかった。なるべく……見繕《みつくろ》っておくよ」

私もすかさず「よろしくお願いします！」と頭を下げる。

とはいえ、他力本願だけで今まで縁のなかった結婚が急に叶うとは思えない。上司の伝手もあてにはしつつ、華絵の結婚式が済んだら、とりあえず相談所とか行ってみようかな。

そんなことを考えながら自分の席へ戻ったら、恵阪くんと古峰ちゃんが示し合わせたように駆け寄ってきた。二人ともいい笑顔で口を開く。

「浅生さん、妹さんのご結婚おめでとうございます！」

「おめでたいですね！　いいなあ、羨ましいです！」

祝福されて我が事のように照れていれば、横からすっとメモ用紙が差し出された。振り返ると、ちょうど自分の席に座ろうとしている土師さんがこちらも見ずにぼそりと言う。

「それ、現時点で埋まってる来月のスケジュール」

メモ用紙には確かに来月の収録やロケ、それに編集の日取りが細かく綴られていた。

「二日休み取るんだろ。都合のつく日が見つかるといいな」

どうやら話を聞いて、わざわざ書き留めておいてくれたらしい。

「わあ、ありがとう――」

お礼を口にした私は、だけど目の当たりにした現実に思わず絶句する。

こうして見ると十一月のスケジュールは思いのほかみっちり詰まっていた。それもそうだ、十一月中はまだ『文山遼生のマヨナカキッチン』も絶賛放送中だし、スタジオ収録も四回、ロケの予定も二度ある。その他に収録分の編集期間や定例会議などの予定もあり、ここから二日の有休をもぎ取るのはなかなか難しいことに思えた。これで秋らしく台風なんぞ来ようものなら文字通り全てが吹き飛んでしまう。

「あ、でも！　ロケは予備日がありますし！」

傍らでスケジュールを覗き込んでいた惠阪くんが、私の顔色を見てか励ますように声を上げた。

「天候に恵まれれば全然いけますよ！　いざとなったら俺たちもフォローしますし……な？」

　彼に同意を求められた古峰ちゃんは、大きく首を縦に振る。

「はい！　浅生さんが安心してお休みできるよう、私たちで支えます！」

　こうなったら来月は意地でも連休をもぎ取ってやろう。


　一口にロケと言ってもぱっと行って撮って帰ってくる、なんて簡単な話ではない。まず取材先から許可をいただき、丹念に打ち合わせをした上で失礼のないように進めなくてはならない。撮影時に公道を使用する場合は所轄の警察署に申請する必要があるし、場合によっては交通警備員を雇って近隣の方々のご迷惑にならないように努める。当然ながらロケ当日は時間厳守、遅刻も駄目なら撤収に遅れがあっても駄目で、ロケ地では原状復帰を徹底するのも大事なことだった。自社スタジオで収録するのとは訳が違い、隅々まで行き届いた配慮をしてこそ成り立つものだ。

『文山遼生のマヨナカキッチン』は前半が食材を購入するロケパート、後半がスタジオでの調理パートという構成になっている。本日は世田谷《せたがや》区にあるファーム直営の青果店を訪ね、次回のメニューである『小さなパンケーキカナッペ』の食材を購入するロケを行う予定だった。店頭での食材選びと買い物が主題なので、撮影はまずお店に入るところからスタートする。今回のロケでは人払いのロープは張らないし、交通規制もしない。だからより迅速《じんそく》な撮影と撤収が求められる。

本日のロケは、幸いにして天候に恵まれていた。空にはうろこ雲が浮かぶ見事な秋晴れで、午後一時現在の気温は二十一度だ。十月の半ば、実に過ごしやすいロケ日和《びより》となった。

「よく晴れてよかったですね」

日傘を差しかけながら声を掛けると、折り畳み椅子に座っていた文山さんが私を見る。冷たいとは言わないまでも、まるで知らない人を見るような、無感情な目つきだった。

「やっぱりロケは一日できちっと終わらせたいですもんね」

「そうですね」

私の言葉にも機械的に答えた後、彼は小さく溜息をついてみせる。

「浅生さん、日傘は大丈夫ですよ。必要になったら自分で差しますから。なんでしたら椅子に縛りつけておいてくれても」

言われて、私はそそくさと日傘を畳んだ。

おそらく文山さんの言葉は額面通りではなく、『煩《わずら》わしいので話しかけないで欲しい』とか『傍にいないで欲しい』という意味だと思う。本番前はピリピリするタレントさんも多いし、私もそのお気持ちには配慮すべきだとわかっていた。

我々チルエイトのスタッフと文山さんとの関係は相変わらずだ。私も世間話すら歓迎されないレベルで壁を作られているし、千賀さんたちも事あるごとに話しかけてはいるものの、毎回けんもほろろの扱いらしい。仲良くなりたいとは言わない、せめてもう少しビジネスパートナーとしての信頼関係だけでも築きたい——それは我々の共通の願いでもあり、当面の目標でもあった。交渉担当としてAPの私がその糸口を見つけ出す役割を任されている中、はっきりと拒まれないうちから引き下がるのは責任放棄だろう。

というわけで文山さんの言外の訴えはスルーを決め込む。青果店の前でロケの準備をする同僚たちの様子を窺いながら、私はしばらくその場を動かなかった。今日も古峰ちゃんは小鳥のしっぽのような髪をぴょこぴょこ揺らして駆け回っているし、恵阪くんは笑顔で青果店の店長さんと話をしている。土師さんは撮影機器の最終確認に余念がなく、着々と本番までの準備が進んでいるようだ。

私が黙っていたからか、やがて文山さんの方が所在なげに話しかけてきた。

「そういえば、うちの向井《むかい》はどこですか？」

向井さんとは、文山さんの事務所の担当マネージャーさんだ。三十歳になりたての若さながら敏腕だそうで、文山さんの他にもう一人タレントさんを受け持っている。タイトスカートの似合う華奢《きゃしゃ》な女性で、いつお会いしても愛想はいいけど、立ち止まっている方が珍しいほど忙しそうな人だった。

「向井さんなら電話が入ったそうで席を外されてますよ」

答えながら視線を巡らせると、店が建ち並ぶ商店街の端っこ、電柱の陰でぺこぺこお辞儀をする向井さんの姿が見える。

文山さんもそちらを見たのだろう、また溜息をついた。

「忙しそうですね。俺と違って仕事の多いタレントも持ってるから」

自虐的な呟きに、私まで嘆息したくなるのを堪える。

やはり文山さんにとって冠番組とはいえ、レギュラーが深夜の関東ローカル一本なのは僻《ひが》みたくもなる事実なのだろう。この流れで『最近どうですか?』なんて尋ねようものなら、一層自虐のこもった返事を寄越すに違いない。

それならこの人には、どんな話題を持ちかけるのがいいだろうか。私も正直、文山さんについてはプロフィールとして公開されている情報くらいしか把握していない。でも一つだけ思い浮かぶネタがあった。

「そうだ、番組のホームページってご覧になりましたか?」

私の問いかけに文山さんはこちらを向き、一瞬だけ目を丸くする。まだ話しかけてくるのかと言いたげな表情は、すぐに無感情な顔つきへ戻った。

「ええ、拝見しました」

「文山さんのレシピをお借りして作ってみたんです。素人クオリティーですけど、結構美味しく出来たんですよ」

る。
「……あの料理は、浅生さんが？」
文山さんは珍しく興味深げな様子で、椅子から身を乗り出すようにして私を見上げてい
「はい。ちょっとお恥ずかしいんですけど」
料理の話には食いついてきてくれるようだ。その反応に内心驚きつつ答えると、一瞬考
え込むような間があって、彼は尋ねてくる。
「第一回のケーク・サレ、あれはどうしてフライパンで焼いたんですか？」
もちろん見る人が見ればわかるだろう。オーブンで焼けばきめ細かい、ふっくらとした
生地になるのに、フライパンで焼けば水分が抜けきらず、膨らまないどっしりした生地に
なる。フライパンで焼いた時にできる羽根もついていたから、誰にもバレないとまでは思
っていなかった。
でもまさか、文山さんがそこに気づくほど見てくれているとは――。
「えっと、単にオーブンを用意する時間が惜しかったというか……なかったからです」
私は言葉を選びながら答える。
「退勤後に料理するとどうしても時短料理になってしまって。オーブンの予熱に割く時間
がなくて、それならフライパンでもいいかって。やってみると意外に簡単に出来ました
し」

当然ながら番組内で文山さんはオーブンを使いケーク・サレを焼いていた。もちろん焼き上がりまでじっくり放送する尺はないので『焼き上がったものがこちらに』としたものの、収録中にはきちんと予熱から焼き上げるまでの工程を披露している。あの時もさすがの手際のよさだった。

そんな人が私の時短アレンジをどう思うか、ちらりと不安に思う。だけどそれは杞憂《きゆう》だったようで、文山さんは納得した様子で顎を引いた。

「なるほど。俺にはない発想でした」

そして、生真面目な口調で言い添えてくる。

「今後の更新も楽しみにしてます」

「あ……ありがとうございます！」

多少社交辞令だったかもしれないけど、初めて前向きな言葉を貰えた。会話のキャッチボールも成り立っていたし、文山さんとの関係改善に一筋の光が見えた気分だ。今度また、カメラの来島さんに物撮りのコツを教わろう。手抜きをしないぞ、とは決して思わないのが私だ。

その後、文山さんは窓口業務が終了しましたと言わんばかりに瞼《まぶた》を下ろしてしまったけど、料理の話には乗ってきてくれる事実は大収穫だ。早速みんなと共有しておこう。

「――浅生！」

と、そこで土師さんが私を呼んだ。

そちらを向けば、本日ロケをする青果店の前にいた土師さんが小さく手招きをしている。文山さんに失礼しますと断ってからお店の前まで駆け出した。

「文山さんの様子、どうだ？」

駆けつけた私に、土師さんが真っ先に尋ねてくる。手元でカメラを調整しているのは、今回のロケの撮影も土師さんの担当だからだ。スタジオ収録の時とは違い、当番組でのロケには来島さんのような技術スタッフが参加せず、少人数の撮影班だけで収録を行う。低予算番組なりの手法だ。

もっとも他社でノウハウを学んできた土師さんの撮影技術は確かだし、見やすく作り込まれた香盤表にも毎回惚れ惚れしている。人手が少なくてもロケ自体に不安要素はない。

「料理の話をしたら少しだけ会話が弾んだよ」

そう答えたら、土師さんはにわかには信じがたいという顔をした。

ただ本題はそれではなかったらしく、すぐに眉を顰めて声を落とす。

「ちょっと、頼めないか」

眼鏡越しの視線で文山さんを示したので、彼に何かを頼もうと私を呼びつけたようだ。

「何か問題？」

聞き返すと土師さんは頷き、

「六郷《ろくごう》さんがえらく緊張してるんだ。さっきから惠阪が声掛けてくれてるんだが……」

今度はお店の方に鋭い目を向ける。

六郷さんは今回ロケに協力してくださる青果店の店長で、ファーム経営者の娘さんでもあった。番組出演の交渉をした際に『テレビに取り上げていただけるなんて！　ぜひお願いします！』と二つ返事で了承してくださったことは記憶に新しい。私も丁重にお礼を申し上げた上で交渉を進めていた。

しかし初めてのテレビ出演だそうで、まだお若い六郷さんのプレッシャーになってしまったようだ。

「ゆっくり、ゆっくり深呼吸しましょう。吸ってー、吐いてー……」

惠阪くんが深呼吸の音頭を取っているものの、店長さんの動きは遠目に見ても覚束ない。お店のエプロンを着けた背中が震えているようにも見え、こちらが申し訳なくなってきた。

「私が行こうか？」

交渉やロケハンなどで面識もあるしと申し出たけど、土師さんは小さくかぶりを振る。

「文山さんに頼めないかと思って。聞いた話だとファンなんだろ？　あの人の」

実は、交渉がスムーズに進んだのにはそういう理由もあった。六郷さんはかつて文山さんのファンだったそうで――口ぶりは過去形ではあったけど、今でも好きな俳優さんの一人であることには変わりはないらしい。

「本番前に顔合わせして、緊張を解してもらうことはできないか。どちらにせよぶっつけ本番は無理だろうし、慣らしておくっていう意味でも」

「わかった、お願いしてみる」

私は文山さんの元へ引き返す。内心、こちらの頼みを文山さんが聞いてくれるかどうか一抹の不安があった。本番前に面倒事を、と顔を顰《しか》められる可能性も考えられなくはない。それでも六郷さんがファンだと告げたら、いくらかは快く手を貸していただけるかも――。

あれこれ考えながら戻ってきた私を、椅子に浅く腰かけた文山さんがちらりと見やる。訝《いぶか》しげなその眼差しに対し、私は切り出した。

「文山さん、本番前に一つお願いしたいことがあるんです」

私はためらう間もなく事情を打ち明ける。ロケ先の青果店の店長さんが初テレビ出演なので、事前の顔合わせをしていただきたい。彼女は文山さんのファンなので、励ましの言葉を掛けたらきっと喜ばれるはずです――。

そこまで話すと、文山さんは少しだけ顔を顰めた。

「そう、ですか……」

やはり面倒な頼みだっただろうか。無理なら、と言いかけた私より早く、文山さんが自ら語を継ぐ。

「いえ、大丈夫です。なんでしたらサインもしますよ」

「よろしいんですか？」

「もちろん。こちらは場所と貴重なお時間をお借りするわけですし」

そう言って立ち上がった文山さんは、きびきびした足取りで青果店の店先へ向かった。そして感激する六郷さんに挨拶をし、握手もし、更には店員さんたちの分までサインをしてあげていた。文山さんがとびきりの笑顔を浮かべる様子を眺めていたら、今日のロケは上手くいきそうな気がしてきて、私まで嬉しくなった。


『本日は東京都世田谷区にある青果店、デリシャスガーデンに来ています』

カメラに向かって微笑む文山さんを、私はポータブルモニター越しに見つめていた。ロケ用のモニターはスタジオにあるものより小型で画質も劣る。だけどそれでも文山さんの整った笑顔と姿勢のよさは十分に確認できた。天候は引き続き素晴らしい秋晴れで風もなく、撮影には何の支障もない。

本日のロケの滑り出しは上々だった。

本番中の私はモニターチェックを担当していた。本来ならこれもディレクターの仕事だけど、土師さんが直接撮影をしているのでその補佐というわけだ。懐かしくて楽しい仕事だった。

モニターには文山さんと六郷さんが映っている。画角の外、店内の映らない場所にはカンペを掲げる古峰ちゃんやカメラを構える土師さん、カメラより大きな集音マイクを持つ恵阪くんたちがいるはずだ。六郷さんは本番前の顔合わせですっかり緊張が解れたと見え、素敵な笑顔で応対する様子が撮れていた。

『当店の野菜は全て、父が経営する農場で採れたものをその日のうちに販売しております。鮮度はもちろん、夏の間にたっぷり栄養を蓄えた野菜はどれも抜群に美味しいですよ』

文山さんと六郷さんのやり取りはほぼ台本通りに進む。

『今回はカナッペを作ろうと思うのですが、お薦めはありますか？』

『でしたら、こちらのイチジクはいかがです？　ちょうど今が旬で、柔らかくてとっても食べやすいです』

『イチジクはどのようにして食べるのが美味しいですか？』

『皮を剝《む》いてそのままでもいいですし、チーズとも合います。あとワイン煮とか甘露煮とかも――』

微笑みながら耳を傾ける文山さんの表情は美しいとすら言えたけど、一方でやはり作り物めいた冷たさは拭い切れていなかった。撮影をご一緒するようになって既に一ヶ月が過ぎているのに、未だに彼の自然な表情が撮れていないと来島さんも土師さんも、そして千賀さんまでもが言っていた。

もう少し自然に笑う文山さんを撮りたい。

今日は従来比でいくらか会話が弾んだものの、まだまだ打ち解けているとは到底言えない。どうにか撮了までには信頼を得たいと思っているけど、果たして間に合うだろうか。

私のぼんやりした焦りをよそに、店内での撮影は終盤を迎えていた。

『ではイチジクと、こちらのナスとトマトもお願いします』

文山さんは自ら選んだナスとトマトを六郷さんに手渡し、店内をぐるりと見回す。一瞬、眉を顰めたように見えたのは画質のよくないモニターのせいだろうか。

それから彼は、六郷さんにこう尋ねた。

『アボカドってありますか？』

この店のファームでは国内でも珍しいアボカド栽培を行っており、関東でも美味しいアボカドが育てられると事前の打ち合わせで教えてもらっていた。そんなとびきりのネタを取り上げないわけにはいかないと台本にも組み込んでいたはずだけど——そういえば、出てきていない。

文山さんの言葉に、六郷さんはきょとんとする。

『え？　アボカドは……ないですけど』

何かおかしい。不安を覚えた私と同様、文山さんも明らかに怪訝な顔をした。

『ない？　……ああ、そうでしたか』

台本が変わったという通達は貰っていない。現に文山さんの態度からも、この流れがおかしいことは如実にわかる。でもどうして――店内の空気が変わったことに気づいたのか、六郷さんが慌てふためきだした。

『あ、あの、アボカドですよね！　あれ実は収穫間に合わなくて、今日ちょっとご用意できないってことでスタッフさんにもお話ししてたんですけど……それで今日はイチジクとナスとトマトだけで、って』

まごつきながら訴えてくる六郷さんに、文山さんがいよいよ不審げにカメラを見やる。ある意味これまでで一番自然な眼差しに、土師さんの声が応じた。

『カット！』

これだけグダつけばそれはＮＧにもなる。私も思わず頭を抱えたくなった。


「伝達ミスですか？」

文山さんが低い声で尋ねてくる。

カメラを止めて事実関係を洗い出すと、つまりはそういうことだった。六郷さんは撮影が始まる前、緊張に震えながらもアボカドが用意できていないことを伝えていたそうだ。

「すみません、私が余裕なくてお一人にしか話せていなかったせいで……」

ご協力くださった方に謝られるのは心苦しい。しかも今回、彼女には落ち度がないのだ。

土師さんが即座にかぶりを振る。

「いえ、明らかにこちらのミスです。申し訳ございません」

険しい顔の彼の斜め後ろで、古峰ちゃんがひたすら青い顔をしていた。

こういう時に犯人捜しの空気になるのが、私は苦手だ。でもスタッフ間で完結するミスならまだしも、演者さんやお店の方にまで迷惑を掛けたのであれば、なあなあにして終わらせることは決してできない。

古峰ちゃんは六郷さんからアボカド未入荷の話を聞いていた。しかし本番前の慌ただしさからそのことを失念した上、惠阪くんや土師さんに伝えることも忘れていたそうだ。

「ごめんなさい！　私、すっかり忘れてて……！」

項垂れる古峰ちゃんの、絞り出すような声が痛々しい。六郷さんが気遣わしげな顔をする中、私たちは古峰ちゃんに掛ける言葉もないまま、それでもロケを続けなければいけなかった。気がつけば既に午後三時を回っており、ロケの終了予定時刻を過ぎることは確実だ。

「時間も押していますし、使えるところは編集して使います。野菜の購入シーンだけ、申し訳ないですが撮り直しということで」

最終的に土師さんがそう判断し、雰囲気のよくないまま再び収録に戻った。

撮り直しをしても文山さんは相変わらず完璧にこなしていたし、六郷さんも緊張を忘れてしまったのかミス一つなく撮影終了に漕ぎつけた。もっとも六郷さんには、撤収作業中もしきりに謝られてしまったけど。

「本当にすみません。あの、ＡＤさんはなんにも悪くないですから。私が皆さんにも言っておけばよかったのに」

「そんな、店長さんのせいではないです！」

私は逆に謝り返し、ロケご協力への感謝も重ねて告げた。オンエア日が決まったらご連絡します、とも言っておいた――その時にまた、改めてお詫びをする必要もあるだろう。

文山さんとは、現場でそのまま別れた。スタジオ収録の時と同じように、タクシーを呼んでお見送りをするのは私の役目だ。マネージャーの向井さんは次が詰まっているからと先に帰ってしまい、今日はいつも以上に沈鬱《ちんうつ》な空気でのお見送りとなった。

「ああいうミスはよくないですね」

タクシーを待つ間、文山さんは私にだけ聞こえるように言ってきた。

ロケを終えた後も撮影班の空気は重くよどんでいる。文山さんもせめて当の古峰ちゃんには聞こえないようにと気を配ってくれたのだろう。

「番組の信用問題にも関わりますよ。あちらのお店も、せっかくロケを引き受けてくださったのに」

「申し訳ありません、文山さんにもご迷惑をお掛けしました」

私が頭を下げると、文山さんは少しだけ怪訝そうな顔をする。

「どうして浅生さんが謝るんですか？」

思わず見返したその顔は、日没前の燃《も》え滾《たぎ》るような陽射しを背負い影が差している。鼻筋の通った端整な面立ちは陰影が強調されるとまるで精緻《せいち》な彫刻みたいだ。気圧されそうになりつつ、答える。

「一人のミスはスタッフ全体のミスですし、私たちが文山さんに迷惑を掛けたことに変わりはありません」

「でも、あのＡＤさんは浅生さんの部下ではないですよね？」

「そうですけど……後輩ではありますし、それに私は渉外業務担当ですから。スタッフの不手際で社外の方に迷惑を掛けたなら、私が謝罪するべきだと思ってます」

答えた私に、文山さんは物憂げな顔で吐き捨てるように呟く。

「俺がやらかした時はそんなこと言ってくれる人、事務所内にいなかったですけどね」

「え……」

「代わりに謝ってくれる人も、庇《かば》ってくれる人も。だから不思議で仕方がなくて」

やらかした、というのは、かつてのスキャンダルについての話だろうか。確かにあの時、相手の女優が引退に追い込まれたことを文山さんは責められ続けていたけど、事務所が謝罪をしたという話は聞こえてこなかったように思う。

私が言葉を失くしたのを見てか、文山さんは小さく肩を竦めた。

「誰でも新人の頃はありますし、ミスしない人間もいませんから。同じことを繰り返さなければいいと俺は思います。あのADさんにはそう伝えておいてください」

「は……はい」

もはや頭を下げるしかない私の前に、迎車のタクシーが滑り込むようにやってくる。文山さんはちらと私を一瞥して言った。

「では、次回もよろしくお願いします」

初めてまともに挨拶をしてもらえたのが、トラブルの後とは皮肉な話だ。それでもこの仕事が終わってしまうわけではないから、気持ちを切り替えていかなくてはならない。


撮影班の誰もが口を利かないまま、社用のワゴン車で帰社の途に就いた。

直属の上司ではない私が口を挟むのは分を超えた振る舞いかもしれないし、古峰ちゃんだって何人もから同じことは注意されたくないだろう。恐らく土師さんは黙っていないだろうし、多少きつめに叱られる可能性もある。だから私は励ましの言葉とか、再発防止策なんかを言ってあげる方がいいかもしれない。

そう思って、帰社後に手が空いたら真っ先に古峰ちゃんを探しに行った。

でも出遅れてしまったようだ。私が五階の廊下をうろうろしていたら、ちょうど会議室のドアが吹き飛びそうな勢いで開いた。中から駆け出してきたのは古峰ちゃんで、目に一杯涙を溜めていた。

「あ――」

一瞬声を掛けるのが遅れたからか、古峰ちゃんはそのまま走り去ってしまう。

「古峰っ！」

恵阪くんの呼び止めるような声にも一切振り向くことはなかった。

私は気力を振り絞って会議室の中へ立ち入る。案の定、室内には椅子に座る土師さんと傍らで立ち尽くす恵阪くんの二人がいて、揃って気まずそうにこちらを見てきた。

「古峰ちゃん、どうしたの？」

私が尋ねると、土師さんは少し苛立った様子で口を開く。

「ロケの件で注意をした。言わないわけにはいかないだろ。それより文山さんはどうだった？　何か言われなかったか？」

「一応、『同じことを繰り返さなければいい』とは言っていただいたよ」

さすがに全てを伝える気にはなれなかったけど、それだけは言っておく。それでも土師さんは腑に落ちない顔をしていたし、恵阪くんも引きつった苦笑いを浮かべていた。

「意外っすね。文山さんならもっとお怒りになるかと思ってました」

私はかぶりを振って、逆に聞き返す。

「古峰ちゃんには何を言ったの？」

途端、土師さんがくたびれたように息をつき、指折りしながら答えた。

「『現場で起きた出来事は忘れる前に全部共有しろ』『タレントさんには迷惑を掛けるな』『ロケ先は最初の視聴者だと思って丁重に扱え』……くらいだな。間違ったことは言ってない」

確かに、間違ったことは言っていない。もしも私がAPではなくディレクターとしてあの場にいたら、同じことを古峰ちゃんに告げていただろう。言い方の違いはあるにしても。

そこで恵阪くんが、土師さんの顔色を窺いながら切り出した。

「でも、古峰のミスが増えてるの、悩みがあるんじゃないかなって俺は思ってるんですよ。あんまり寝れてなくて寝坊したみたいな話もしてましたし」

「だからミスは見逃してやれって？」

土師さんに睨《にら》まれて、恵阪くんは無言になる。目を逸らした顔が一層気まずげだった。

「タレントさんを現場で混乱させたら番組側の落ち度だろ。俺たちには再発防止を徹底する義務がある」

そこまで言い切った土師さんが、尖ったままの視線を私へ向ける。

「浅生、古峰のフォローを頼めるか？」

頼まれなくてもそのつもりだったから、即座に頷いた。

「わかった。でも土師さんはいいの？」

「俺が行ったって更に泣かれるだけだろ。優しい先輩役は浅生に任せる」

古峰ちゃんの姿はロッカールームで見つかった。

千賀さんから「女子ロッカールームから啜《すす》り泣きが聞こえるんだけど……」とこわごわ報告されていたから察しがついた。

私が一人で室内に入ると、灰色のロッカーを背に、膝を抱えて座る古峰ちゃんが見える。膝にうずめたせいで顔は見えないものの、くすんと鼻を啜るのは聞こえた。

「古峰ちゃん、大丈夫？」

歩み寄りつつ声を掛けてみると、彼女はぎこちなく面を上げた。

「浅生さん……」

柔らかそうな頬は涙に濡れ、目はもちろん鼻まで真っ赤になっている。乾いた唇を震わせながら、嗄《しゃが》れかけた声で続けた。

「今日のロケのことで、土師さんにめちゃくちゃ怒られました」

「聞いてるよ。その土師さんにフォローを頼まれて来たから」

私は古峰ちゃんの真横に並び、同じように腰を下ろす。彼女は眉間に皺を寄せ、いかにも不服そうに聞き返してきた。

「フォローってなんですか？　あれだけ私のこと責めといて……」

「きつく言い過ぎたって、ちょっとは思ってるのかもね」

「どうでしょうね」

唇を尖らせた古峰ちゃんも、その後で居心地悪そうな顔をする。

「そりゃあ……ミスしたのは私ですし、全面的に私が悪いですし、土師さんも言ってること自体は全然間違ってないですけど」

それがわかっているなら大丈夫だろう。私はほっとして、少しだけ笑った。

「文山さんは、同じミスを繰り返さなければいいって仰ってたから」

文山さんの名前が出ると、古峰ちゃんは一瞬怯えた顔になる。

「お、怒られませんでした？　浅生さん」

恵阪くんといい、みんなあの人のことを随分怖い人だと捉えているようだ。

「全然。だから古峰ちゃんも、落ち着いたら気持ち切り替えよう。次また頑張ればいいよ」

そう励ますと、彼女は手の甲で頬の涙を拭う。それから恨めしそうな溜息をついた。

「私、浅生さんの下で働きたかったです。土師さんじゃなくて」

古峰ちゃんや恵阪くんは私を優しい先輩だと思ってくれているらしく、それは正直嬉しくも、光栄でもあった。だけど私は単に後輩たちを叱れる立場にないだけだ。

土師さんはあの通り不器用な人なので、私は時々こんなふうにフォローを頼まれる。その度に後輩たちから優しい先輩と思われることに、ほんのちょっと申し訳なさも覚えていた。私だけが美味しいとこ取りをして土師さんには損をさせている気がするからだ。

「気持ちはわかるよ。私も新人の頃はよく怒られてたし」

古峰ちゃんの言葉ははぐらかしつつ答えると、彼女は赤らんだ目を丸くする。

「浅生さんもですか？　あのくらい怒る先輩なんていたんですか」

「今からは想像もつかないだろうけど、千賀さんって昔は厳しい人だったんだよ」

昔の千賀さんを知らない人にこの話をすると、みんな信じられないという顔をした。昔はばりばりやり手のテレビマンで、入社したての私もあの人の下でずいぶんとしごかれていた。

千賀さんと絢さんが一緒にいる時、私はよく昔のことを思い出す――新人ADとしておニ人に鍛えられていた頃、そして千賀さんがまだ元気で、仕事に邁進していた頃のことを。

「――私、早く結婚したいんですよ」

古峰ちゃんの唐突な呟きが、思い出に浸りかけていた私を現実に引き戻す。

「け、結婚？」

戸惑っていれば、涙の乾き始めた古峰ちゃんは真剣な面持ちで見つめてきた。まだあどけなさの残る顔立ちは、だけど強い意思を湛えている。

「はい。まあ、相手はいないんですけど」

「まだ若いし、焦るような段階でもないんじゃない？」

「焦りって言うか……結婚って要は後ろ盾じゃないですか。何かあった時、結婚してるからこそ頑張れることもあるんじゃないかと思ってるんですよ。こんなふうに仕事でミスしてへこんだ時とか」

古峰ちゃんはとつとつと語った。

「辞めてやるって思った時も、結婚して共働きだったら安心して次探せるのかなって。今は独身なんで軽々しく辞めたりできないですけど――」

そこまで語ってから、彼女は私の顔色が変わったことに気づいたらしい。泣いた後の顔で苦笑した。

「あ、まだ辞めたいとは思ってないです」

「そ、そっか。びっくりした……」

「けど私、元々はテレビ局志望だったんですよ。そっちの夢は諦めきれてないんですよね」

テレビ局勤務はこの業界でいわばエリート、当然ながら就活でも非常に狭き門だ。実際、テレビ局に入れず番組制作会社に、という流れも全く珍しいものではない。テレビ局の仕事に憧れてきた人たちにとって、制作会社の下請け仕事は期待外れなのかもしれなかった。

「それも結婚してたら、まだ追い駆けられる夢かなって」

彼女がきゅっと唇を結ぶ。

ただ夢見ているだけではない横顔にも見えて、それならと私も口を開いた。

「テレビ局に憧れる気持ちはわかるよ。でもどこの局も一般企業と一緒で配属先の希望は通らないから、もし明確に——例えば制作だけやりたいとか、報道希望だとか考えているなら慎重になった方がいいよ。私の大学の同期も報道希望でキー局行ったんだけど、入社からずっと営業って言ってたな。それはそれでやりがいがあるとも話していたけど」

アナウンサーのように専門的なトレーニングが必要な部署はまだしも、それ以外の部署には希望通りに配属されないのが当たり前だと聞いている。前述の同期はCMの売り込みなどで毎日忙しくしているけど、ふと『番組作ってみたかったな』と思うこともあるそうだ。だから制作会社勤務の私はよく羨ましがられた——もっとも給料などの待遇は当然ながらあちらがはるかに上である。誰にだって隣の芝生は青く見えるものだ。

「浅生さんは制作がやりたくてチルエイトに？」

「そうだね、番組作りに携わりたくて」

私もADを経てディレクターになり、かつては何本も番組を撮っていた。ただ千賀さんが体調を崩された時、絢さんも仕事に穴を開けざるを得なくなり、ちょうどディレクターは人数が足りていたので私は絢さんの穴を埋める為にAPになった。そのことにはいくらか迷いもあったけど、今は後悔していない。それにやりたければディレクターっぽい仕事もいくらでもできるのが小さな会社のよさだ。

「テレビ局は憧れるけど、制作に行けなかったらと思うと迷うなあ……」

古峰ちゃんは、ほつれた後れ毛を指にくるくると巻きつけながらぼやいた。続けて、真剣な面持ちで尋ねてくる。

「浅生さん、ついでに立ち入ったこと聞いてもいいですか？」

「内容によるけど、いいよ」

「浅生さんがご結婚しないのって、やっぱりこの業界に出会いがないからですか？」

「……出会いは、確かにないね」

純粋に激務で時間もないし、ご縁もない。同業他社との交流なんて皆無だし、芸能人とはあくまで仕事の付き合いだから、仲良くなる機会はない。チルエイトについてのみ言うなら、何組も社内結婚ができるほど大きな会社でもない。要は選択肢がなさすぎた。

私に関して言えば、この歳までろくに考えもせず生きてきたことにも要因がある。

「うちの会社、既婚の人全然いないじゃないですか。浅生さんもそうだし、土師さんも、恵阪さんも独身だし、それから……」

古峰ちゃんは容赦なく、独身の面々を指折り数え上げていく。

土師さんのプライベートなんて知らないけど、恵阪くんに関しては名前を挙げるのはかわいそうだ。彼はまだ入社五年目、結婚を考えるような歳でも——と庇いかけて、ふと思い当たる。

そういえば惠阪くん、うちの妹と同い年だ。

社会人五年目で結婚を考えられる業種もある、という事実が今更重くのしかかってきた。

「現実を目の当たりにすると、婚活するのに早すぎることないと思うんですよね。だから私、最近そっちも頑張ってて。友達の伝手で合コン行ったり、マッチングアプリも試してるんですけど」

そう話す古峰ちゃんの声はすっかり元気を取り戻している。一方で表情はやや険しく、彼女の目標達成に向けての進捗が現状芳しくないことを示しているようだった。

「合コンはいっぺんに会える分、精度が低いんですよね。一人ひとりと話す余裕があんまりなくて結局いい人見つけられないって言うか。かと言ってアプリだと年齢のせいか、出会い目的の人ばかり寄ってきて婚活にならないんですよ。たまに来てもめっちゃ年上の人が『仕事辞めて子供産んで』みたいな案件ばかりだし」

「……結構、大変なんだね」

古峰ちゃんなら若いからよりどりみどりかと思いきや、そうでもないのが意外だった。

私の友人にもマッチングアプリを使っている人がいて、よくSNSに成果を載せているのを見る。だけどなかなか芳しい結果は得られないようで、時々愚痴を零《こぼ》していた。

惠阪くんが言っていた古峰ちゃんの悩みも、要はこのことなのかもしれない。テレビ局で働きたいという夢、結婚したいという希望、そのどちらも掴めておらず、彼女なりに行き詰まりを覚えているのだろう。

「でも、夢をちゃんと持ってて偉いよ。私としては古峰ちゃんに今辞められたら困るけど、でもいつか夢を叶えて欲しいな」

永年勤続なんて過去の遺物となった今、元々離職率の高いこの業界でチルエイトにずっといて欲しい、なんて望むのは贅沢《ぜいたく》だろう。うちで仕事を覚えた後、テレビ局への中途入社に挑戦するのも選択肢の一つではあるはずだ。その時は快く見送りたいと思う。

「私は夢とかないし、結婚も予定ないし……合コンなんて一度も行ったことないよ。なんだか古峰ちゃんが眩しく見えちゃうな」

「え、そんな……」

照れたように首を竦めた古峰ちゃんが、その後で尋ねてきた。

「合コン行かないなら、浅生さんはどうやって彼氏作ってるんですか？」

「収録で行ったテレビ局とかで連絡先貰ったりとかして、流れで……」

「マジですか。浅生さんモテますね」

「いや、二十代の頃の話だし、そもそも長続きしなかったからね」

もう面影もおぼろげな歴代彼氏を思い出してみる。向こうから申し込まれた交際であっても、私は関係の維持に努めようとはしていた。とはいえ連日の激務、そして当時は妹と一緒に暮らしていたこともあり、彼氏という存在が二の次三の次になっていたことは否定できない。

「こっちも仕事の後は疲れてるから、毎日の連絡はきつくて。でも既読スルーは悪いかなと思って一言送ったりすると、次からは一言がないだけで『寂しい』とか『飽きた？』とか言われるようになって……三日くらい連絡しなくても気にしない彼氏が欲しかったよ」

昔の恋を愚痴ってみたら、古峰ちゃんはお腹を抱えて笑っていた。

「わかります！　ってか浅生さん、甘えたな人に好かれそうですもんね！」

笑えるほど元気が出たならよかった。肩を揺らしている古峰ちゃんの笑顔を見ながら密かに胸を撫で下ろしていると、不意に彼女が何かを思い出したような声を上げる。

「そうだ。浅生さん、合コン未経験なら思い切って挑戦してみません？　金曜の夜にやる予定だったんですよ。でも女の子が一人足りなくて、よかったらどうですか？」

突然のお誘いに、私はうろたえた。

「えっと、念の為聞くけど、どういう感じの集まり？」

「主に、私の大学の同期繋がりですね！」

百パーセント年下だ。それも一つ二つではないだろう。

「私、三十五なんだけど。さすがに浮かない……？」

恐る恐る尋ねたら、古峰ちゃんは少しだけ腫れぼったい目を瞬かせる。

「浮かないと思いますけど。浅生さん、若く見えますし」

「いや、でも、それにしたって……」

「浅生さん来てくれるなら心強いです！　実は集合場所が町田で、私全然詳しくなくて。浅生さんって確か町田住みですもんね？　それに私も初対面の人ばかりなんで、浅生さんがいてくれたらアウェイ感ないからいいなって！」

　ぐいぐい来られると非常に弱い。

　つまるところ、私は古峰ちゃんの誘いを断れなかった。


　金曜の夜、私は町田駅前の居酒屋にいた。

「浅生霧歌です。皆さんより結構年上なんですけど、社会勉強も兼ねて参加しました」

　乾杯前の自己紹介でそう名乗ると、真向かいに座っていた男の子が早速話しかけてくる。

「霧歌ちゃんってそんなに年上なの？　え、いくつ？」

　彼の年齢は高めに見積もっても二十代半ばだろう。私たちと同様に仕事帰りらしく、ネイビーのスーツにレジメンタルストライプのネクタイを締めている。こちらに向けた表情がやけに気安く、私は正直に答えるのが申し訳ない気持ちになった。

「ええと、三十五、かな」

「さんじゅっ……」

ネイビースーツの彼は絶句し、隣にいた半袖パーカーの男の子が取り繕うような声を上げる。

「え、見えない！　全然若いじゃないですか！」

「だ、だよな。でも、ちゃん付けは失礼だろうから、霧歌さんって呼びますね」

早くもいたたまれない空気の中、さすがに場違いすぎたかなと後ろめたく思っていれば、私の隣に座る古峰ちゃんがすかさず口を開く。

「浅生さんは私の職場の先輩で、すっごく優しい人なの。うちの職場は怖い上司とか頼りない先輩とかいるけど、浅生さんは全然怖くないし一番頼れる先輩なんだ！」

「へえ、蒼衣ちゃんの先輩なんだ」

グレーのカーディガンを羽織る男の子が納得した声を上げると、その横でテーラードジャケットの男の子がからかうように語を継いだ。

「蒼衣ちゃん、保護者同伴かよ。ガード堅そうだなあ」

場にはいくらかの笑いが起こり、私はなんとも言えない気持ちになっていた。

人数は男子四人に女子も四人、居酒屋のお座敷で男女向かい合わせに座っている。男子は向かって右側からネイビースーツくん、半袖パーカーくん、灰カーデくん、テーラードくんという面々で、自己紹介によると全員私どころか妹よりも年下だった。

女子はシャツワンピちゃんとフリルブラウスちゃん、サロペットスカートの古峰ちゃん、そして私だ。私も精一杯のおめかしをとニットのセットアップを着てきたものの、このメンツの中では落ち着きすぎた服装かもしれない。

いや、それ以前の問題だとわかっている。

しかし来てしまったからには仕方ない。せめて若者の意識調査として普段どんなテレビ番組を見ているか、くらいは聞いて帰ろう。

乾杯の中ジョッキを傾けながらそんなことを考えていると、半袖パーカーくんが古峰ちゃんに確かめるように聞いた。

「蒼衣ちゃんたちってテレビ番組作ってんの？」

「うん、そう。って言ってもテレビ局じゃないけどね」

頷いた古峰ちゃんが私を見て微笑み、更に続ける。

「うちは番組制作会社なんだ。テレビ番組を収録して、編集して、完パケを納品する仕事。あ、完パケっていうのはもう放送できる状態のデータって意味で――」

彼女の説明を、他の六人は興味深そうに聞いていた。彼らの職業は会社員やアパレル、ヘアサロン勤務と様々だったけど、テレビ業界はそんな中でも物珍しく映るようだ。

「えっ、じゃあ芸能人と会ったことあるよね？　例えば誰？　有名どころとか知りたいな」

そう言われて古峰ちゃんは困ってしまったようだった。私たちが現在最も接している芸能人といえば文山さんだ。有名かと聞かれたら当然、ある意味有名だろうけど、この場で名前は出しにくいかもしれない。

黙り込んだ古峰ちゃんに助け舟を出そうとしたのか、灰カーデくんが割って入った。

「どんな番組作ってるの？　俺あんまテレビ見ないんだけど、知ってるやつあるかな」

それで古峰ちゃんは不承不承と言った口調で打ち明ける。

「『文山遼生のマヨナカキッチン』っていう番組……知ってる？」

「……知らないなあ」

「え、地上波？　聞いたことない」

「テレビ雑誌で見たことあるかも……」

深夜帯、関東ローカル、初回視聴率一・七パーセントとなるとこんなものだろう。現実を目の当たりにした私と古峰ちゃんは、揃って項垂れるしかない。

「ってか、文山遼生？　青海苑緒《おうみそのお》を引退させた奴じゃん」

テーラードくんが怒りを含んだ口調で、私たちに追い打ちを掛けてくる。

するとおのおのが思い出したように口を開いた。

「あー、あったねそんなこと。連日ワイドショーで報じられてたっけ」

「あれってやっぱ略奪愛だったの？　他に付き合ってた俳優いたでしょ？」

「報道陣に怒鳴ったりして、感じ悪かったよね、文山って」

覚悟はしていたけど、世間の反応は未だに芳しくないようだ。

特にテーラードくんは件の女優、青海苑緒のファンだったらしい。憤懣《ふんまん》やる方ないといった様子でまくし立ててくる。

「文山のせいで苑ちゃんは女優辞めちゃったんだからな。せっかく映画初主演も控えてたのに……蒼衣ちゃん、よくあいつと仕事なんかできるね」

怒りの矛先が古峰ちゃんに向けられると、彼女は一層困ったように目を泳がせた。

「え、別に仕事は普通だし……私ADだから、文山さんとはあまり話さないし……」

他の五人も戸惑った様子で口をつぐみ、テーブルに一時嫌な沈黙が落ちる。

これはまずい。今度は私が口を挟むことにした。

「昔のことは詳しく知らないけど、今の現場では文山さん、すごく真面目にされてると思うよ。料理は本当にお上手だし、レシピもご自分で考えてるし、私としては仕事しやすいタレントさんかな」

最後の言葉だけは、ちょっと盛ったかもしれない。

でも一緒に働いてくれている人を悪く言いたくはなかった。文山さんは私たちにとっては大切な、唯一無二の出演者だ。あの人の過去がどうでも、『文山遼生のマヨナカキッチン』で作られる料理が美味しいことには変わりない。

私の答えに、場の緊張は少しだけゆるんだように思う。ただテーラードくんだけは不服そうに言い返してきた。

「そりゃテレビの人はタレント庇うでしょうけど。そういうの、視聴者からは信用できないですね」

日本中の人に見られているメディアでありながら、一方で不信感を持つ人が少なくないのもテレビの世界だ。インターネットが世界の隅々を網羅し、編集というフィルターの掛からないウェブ動画が広く楽しまれるようになった今、編集ありきのテレビ番組はこと厳しい見方をされるようになった。

だからこそ、仕事を離れたところでも私は誠実でありたい。私一人の態度で何が変わるわけではないだろうけど、それでもだ。

「仕事で付き合いのある人の悪口は言わないよ。それはどんな業種だってそうじゃない？」

自身も接客業だというテーラードくんは押し黙る。きっと思い当たる節があったのだろう。

私も彼をやり込めたいわけではない。古峰ちゃんが少し不安そうにこちらを見ていたから、場の雰囲気を変えられるような話題を切り出した。

「お笑いコンビのプロミネンスって知ってる？　私、彼らが売り出し中の頃に番組をご一緒したことがあるんだけど、あの二人、揃って相方思いなんだよね」

最近ではすっかり売れてしまった二人の話題を出すと、みんながおやっという顔をする。

シャツワンピちゃんが早速食いついてきた。

「コンビ仲いいってよく言われてますよね。リアルで仲良しなんですか？」

「うん。たまたまロケの時に入り時間が別々だったんだけど、二人揃ってロケ弁を『相方の分も取っておいていいですか』って聞いてきてね。結果的にお弁当四個になっちゃって、後から二人で返しに来たんだけど……」

「えー、可愛い！　本当に相方思いなんですね！」

フリルブラウスちゃんも嬉しそうに乗ってきてくれる。私は知っている芸能界の楽しいエピソードを次々と選《よ》りすぐって語り聞かせ――飲み会は大いに盛り上がり、気がつけば和やかな雰囲気で終了となった。


「今日は収穫なしでしたね……」

最後は連絡先を交換しあい、町田駅前で解散した後、私と共に残った古峰ちゃんが呟いた。

「好みの人、いなかった？」

私が尋ねると、彼女は苦笑いで頷く。

「いませんでしたし、向こうからもそう思われてそうです。収穫あったら二次会に行ったり、解散後即連絡くれたりとかありますけど、今回全くないですもん」

唯一、フリルブラウスちゃんだけは解散後にメッセージを送ってくれた。『よかったらまた芸能界の話教えてください！』とのことだ。彼女は最近人気上昇中の俳優、郡野流伽《ぐんのるか》を推しているそうで、彼の情報が入ったらぜひ教えて欲しいとも言っていた。私は郡野さんとはまだ仕事をしたことがないし、情報を得たところで何でも話せるわけではないけど、一応心に留めておこう。そういえば郡野流伽は文山さんと同じ事務所だったな。

いくらかお酒を飲んでいて、火照《ほて》った頬に秋の風が心地いい。時刻は午後九時過ぎ、金曜夜の町田駅前は週末を楽しむ人たちのはしゃぐ声とざわめきに満ちていた。

「っていうかあの人、めちゃくちゃ突っかかってきましたよね。文山さんの昔のトラブルとか、ぶっちゃけ私たちに関係ないってのに」

古峰ちゃんは可愛らしく唇を尖らせる。もやもやを吹き飛ばすがごとく、大きく息をついた。

「あんな奴もう名前忘れましたけどね！　浅生さんが言い返してくれてすっとしました！」

「私も喧嘩はしたくなかったから、納得してもらえてよかったよ」

文山さんを恨めしく思うテーラードくんの気持ちもわからなくはないけど、あの時何が起きたのか、どうして青海苑緒が引退したのかは、当人たちしか知らない。

「はあ……なんか、飲み足りなくないです？」

古峰ちゃんはそこで、ねだるように私を見た。

「っていうか浅生さんとお酒飲むの初めてですよね。二人でもう一軒行きません？」

「そっか、古峰ちゃんとは飲んだことなかったか……いいよ」

チルエイトには飲み会がない。千賀さんがお酒を飲めなくなって以降、打ち上げなどはアルコール抜きの食事会として行うようになった。千賀さんからは『みんなは飲んでもいいよ』と言ってもらっているけど、誰も頼みたがらないのが常だ。

だから、今年度入社の古峰ちゃんと飲んだのは今日が初めてだった。

「いくつかお薦めのお店はあるけど、今だとどこも混んでるかも」

彼女は町田に詳しくないから、エスコートするのは私だ。とはいえ金曜の夜九時からすんなり席に着けるお店を探すのは至難の業だろうし、こういう時にお店を探して外をうろうろするのもスマートではない。そう思った私は別の提案をした。

「よかったらお酒とか買ってうちに来る？　ここからバス乗るけど」

「えっ、浅生さんのお部屋ですか？　行きたいです！」

古峰ちゃんはすぐさま頷いた後、嬉しそうな声を上げる。

「ってことは浅生さんの手料理いただけちゃうとか？　わあ、楽しみ！」

「……う、うん。ちょっとしたものでよければ」

しまった。作るつもりはなかったんだけど――でも期待されてるし、仕方ないか。

「じゃあ、何かリクエストはある？」

私の問いに、彼女は割と真剣に悩んでみせる。

「実は私、結構お腹も空いてて。がっつり炭水化物を摂りたい気分です」

「甘いのとしょっぱいのならどっちがいい？」

「うーん……どっちも捨てがたい。両方ってアリですか？」

甘さもしょっぱさも両方味わえる炭水化物といえばクレープか、それともパンケーキか。

そういえば前回収録した『小さなパンケーキカナッペ』の物撮りがまだだったな。材料だけは揃えておいたから、この際ついでに撮影も済ませてしまおうか、ちょうどスタッフもいることだし。

「この間の収録で文山さんが作ってた、パンケーキカナッペはどうかな」

「いいですね！　あれすごく美味しくて、実は私パンケーキ大好きだったんであの日の収録はめちゃくちゃ役得でした」

古峰ちゃんは撮影班なので『スタッフが美味しくいただきます』の恩恵にあずかれる一人だ。目をきらきらさせながら言った。

「浅生さんの手作りも絶対美味しいですよね！　期待しちゃいます！」

さすがに文山さんほどの腕はないけど、お腹を空かせた古峰ちゃんを極力待たせないようにはできるだろう。

途中でコンビニに寄り、お酒をいくつか買い込んでからアパートへ向かった。

私は古峰ちゃんをリビングに通し、テレビのリモコンを手渡す。

「用意するから、座ってテレビでも見てて」

「あっ、手伝いますよ！」

彼女はそう言ってくれたけど、そちらの方が困った。作っているところを他人に見せるのが恥ずかしいからだ。

「手伝って欲しい時は言うから。映画見ててもいいし」

私が笑顔で言い切ると、古峰ちゃんは戸惑いつつも頷いてくれる。

「じゃあ、必要になったらいつでも呼んでください」

リモコンを手にテレビを点けたのを確認した後、私はキッチンへと向かった。カウンターキッチンなのでリビングからは上手く死角になっている。こそこそと悪いことでもするみたいだなと思いつつ、私はカナッペの具材作りを始めた。

まずは冷蔵庫からクリームチーズを取り出し、室温と馴染ませ柔らかくしておく。その間にキッチンバサミでナスをざくざく輪切りにして、オリーブオイルを絡めてからレンジで加熱する。

『ナスを加熱する間にトマトを湯剝きしておきましょう。このように包丁を入れておくと簡単ですよ』

と、先日の収録で文山さんは実演していたけど、包丁さえ使いたくない私に湯剝きなんて面倒くさい。だから代わりにトマト缶を開け、加熱し終わったナスとよく混ぜてから再加熱。あとは味を見ながら塩を足すと、まずは一品完成だ。

続いてアボカドを取り出す――先日のロケで古峰ちゃんが辛酸を舐《な》めた因縁のアボカドも、今日は美味しく食べてしまおう。

『アボカドの下ごしらえは簡単です。種に沿うようにぐるりと包丁を入れたら、手で捻るだけで二等分できます。大きな種は包丁の根元に引っ掛けて外しましょう』

文山さんのアボカド扱いはさすがの一言だった。私も負けじとキッチンバサミを手に取る。よく熟したアボカドはハサミの刃すらもすんなり受け入れ、たやすく二等分できてしまう。種はハサミの刃先で文字通り挟むようにして外せば簡単だ。あとはアボカドを適当にさいの目切りして、油を切ったツナとマヨネーズと軽く混ぜ合わせれば二品目も完成。

『イチジクは食べやすく切ったら、柔らかくしたクリームチーズを潰して混ぜるだけ。これだけでパンケーキによく合うメニューになるんですよ』

あいにくイチジクは買い置きができなかったので、よく食べるドライフルーツで代用する。柔らかくなってきたクリームチーズを透明なビニール袋に入れ、そこにドライフルーツを放り込み、袋の上から軽く揉むように混ぜる。取り出して器に盛りつければ、カラフルで美しいフルーツクリームチーズの完成だ。

残ったクリームチーズは一人飲みのおつまみとして買った鯖缶と混ぜてディップにし、コーヒーに入れる用のマシュマロはココット皿で、チョコの上に載せてトースターで軽く焦げ目をつけてスモア風にする。朝ご飯用のギリシャヨーグルトも器に盛って冷凍ブルーベリーを放り込めば立派なカナッペの一員になる。

「よーし、パンケーキ焼くよ！」

私はパンケーキミックスを手早く混ぜると、ホットプレートを取り出してリビングへ運んだ。古峰ちゃんはテレビでトークバラエティー番組を見ていたけど、テーブルに並んでいくカナッペの具材に気づいて目を見開く。

「早っ！　もうこんなに作っちゃったんですか？」

「簡単なものばかりだからね」

「いや、そうは見えませんけど……すご……」

文山さんはパンケーキもフライパンで一枚一枚丁寧に焼いていたけど、そんな手間は私の性に合わない。ホットプレートを温めたらパンケーキのたねを小さく丸く次々と落としていく。うちのホットプレートは二人用であまり大きくもないけど、それでもカナッペ用のパンケーキなら六枚は一気に焼ける。

「うわ、このままでも十分美味しそう……」

古峰ちゃんにはフライ返しを手渡し、火が通ってふつふつと穴が開き始めるパンケーキを裏返す手伝いをしてもらった。

「私、ホットプレートでパンケーキ焼くの小学校の頃以来ですよ。懐かしいです」

こんがりときつね色に焼けていくパンケーキを見て、彼女はしみじみ呟いている。それを聞いて、私も妹にパンケーキを焼いてあげた日々を思い出していた。ふんわり膨らむパンケーキからは、ほのかに甘い香りがする。

せっかくスタッフがいるので、物撮りも手伝ってもらうことにした。今回はテーブルに皿を置き、焼けたパンケーキにそれぞれ具材を盛りつけて写真を撮る。カメラは私が構え、古峰ちゃんにはライティングを任せた。料理画像にはなるべく影が入らない方がいい、とカメラの来島さんが教えてくれたから、ライトの当て方も重要だ。

「浅生さん、今までの写真はお一人で撮ってたんですか？」

「うん。これが結構時間掛かっちゃうんだ」

思った通りだ、という顔をした古峰ちゃんが言った。

「うちの会社にもキッチンありますし、そっちで作って撮ればいいじゃないですか。それなら私も毎回手伝えますよ」

「それもいいけど……自分の家で作る方が慣れてるからなあ」

私は口ではそう答えたけど、本音はもちろん違う。会社の休憩室で料理をしようものなら腹ぺこの社員がたくさん集まってきそうだし——少なくとも惠阪くんは絶対寄ってくる。

そして彼らの前でキッチンバサミ料理を披露する度胸など私にはなかった。毎回、文山さんの華麗な包丁捌きを見ているから余計にそう思う。

「それにしても美味しそう……文山さんの料理にも引けを取らないですよ！」

褒めてもらえるのは純粋に嬉しかった。最近は誰かに料理を振る舞う機会もなかったから、尚更だ。

早速、二人で乾杯してカナッペを味わう。

「わあ、美味しい！」

古峰ちゃんは私の時短カナッペも気に入ってくれたようで、ぱくぱく食べてくれた。特にナスとトマトや鯖缶クリームチーズなど、お酒に合うしょっぱめの具材が好みのようだ。

「焼きたてだと一層美味しくなりますね！　生地がほんのり温かくて香ばしく焼けてるのが、冷たい具材と合ってすごくいいです。柔らかいからフランスパンより食べやすいし！」

グルメ番組のレポーターみたいにテンション高く感想をくれる古峰ちゃんにつられて、私もなんだか楽しい気分でパンケーキを食べる。フルーツクリームチーズは塩気の中にドライフルーツの甘酸っぱさがよく引き立っていたし、スモアは香ばしく焼かれたマシュマロと溶けたチョコレートとが、一口目からがつんと甘くて元気になれた。その後に食べるブルーベリーヨーグルトはさっぱりしていて一息置くのにちょうどよく、焼きたてパンケーキの香ばしさとも合う。

パンケーキの食べやすさは古峰ちゃんの言う通りで、柔らかいのでどれだけ具材を載せても丸く折り曲げて口へ運べるのがまたよかった。コンビニで買ってきたハイボールとの相性もいい。

「浅生さん、ぐいぐい飲みますね。喉乾いてました？」

「なんだかんだ、いっぱい喋ったからね」

「ですよね。私も途中から飲食どころじゃなかったですし」

古峰ちゃんは私よりも食べるペースが早かった。お蔭で余る心配はなさそうだ。美味しいと食べてもらえると、もっともっと食べさせたくなる。

「こっちはどう？　アボカドとツナのディップだよ」

別の具材も勧めてみたら、彼女の顔がちょっとだけ曇《くも》った。

「私、アボカドには採れたてのトラウマが……」

「そんなの、美味しく食べて忘れればいいよ」

古峰ちゃんはアボカドのディップを載せたパンケーキに手を伸ばす。いくらか複雑そうな顔をしながらも意を決したように口へ運び、目を瞬かせながら飲み込む。

「アボカドとツナってめっちゃ合いますね！」

「美味しいでしょ」

「はい！　なんかトラウマも消え失せそうです！」

それはよかった。私もいい気分でお酒が進む。

「今となっては、なんであんな度忘れしたんだろって思います。初歩的すぎません？」

「それだけ緊張してたんだよ。ロケはまだそんなに経験してないでしょ？」

「けど、マジで学生の動画サークル的ミスだなって。そりゃ土師さんもキレますよね」

数日前の失敗を、古峰ちゃんは朗らかに笑い飛ばした。

点けっぱなしのテレビからも賑やかな笑い声が聞こえてくる。古峰ちゃんが見ていたトークバラエティーはお笑いコンビのプロミネンスがMCを務めていて、視聴者からの反響もすこぶるいいそうだ。昔、ロケでご一緒した時と比べると、すっかり垢ぬけて華のある二人になっている。少し眩しかった。

「この番組、視聴率十五パーセントを切ったことないし、動画配信サービスでもランキング入りしてるって聞きましたよ」

私がテレビに目をやったからか、古峰ちゃんが羨ましそうに首を竦める。

「うちなんてたったの一・七パーなのに……」

悔しそうに呟いて缶チューハイを呷《あお》り、少し酔った目で私を見据えた。

「大学の講義で聞いたんですけど、関東ローカルの視聴率一パーセントって、四十万人くらいらしいじゃないですか。一・七だと六十八万人、くらい？　うちの地元の人口より少ないんですよ」

彼女は頬杖をつき、憂鬱《ゆううつ》そうに目を伏せた。

「そんだけの人しか見てないのに、私たち頑張って、駆けずり回って、時々失敗してはしこたま怒られて、神経擦り減らして——そんなのって、ぶっちゃけ意味あるんですかね」

この業界に入れば誰もが一度は思うことだ。

誰だっていい番組を作りたい。人の心に残る番組、あるいは心底楽しんでもらえる番組、議論を呼ぶほど考えさせられる番組にどうせなら携わりたい。地上波のゴールデンタイムやプライム帯で、芸能人がたくさん出演していて、番組名は津々浦々に知れ渡り、放送する度にタイトルがＳＮＳ上で話題になって——でも全てのテレビ番組が大勢の人に喜ばれ、楽しまれるわけではない。視聴率が測定できるかどうかの瀬戸際で、誰にも見てもらえないまま燻《くすぶ》る番組も星の数ほどあるのだ。

そういう番組を放送することに、作ることに、果たして意味はあるのだろうか。

「今日だって『マヨナカキッチン』のこと、ほとんど知られてなかったし」

古峰ちゃんは更にぼやいている。

「全然見られてない番組の為に頑張るって、しんどくないですか？　そりゃ仕事だと思って真剣にはやってますけど、私、時々空しくなるんですよね」

テレビ局志望だったという彼女の気持ちは十分わかる。私は静かに頷いた。

「そうだね……報われるような仕事ではないかもしれない」

でも、それはテレビ業界に限った話でもないだろう。重ねた努力や苦労がそのまま報われる仕事の方が珍しいのかもしれない。ただ視聴率という明確な結果が出される業界で、私たちはその数字に振り回され、時に打ちのめされてもいる。私だって、報われたいという気持ちがないわけではない――。

「浅生さんは、どうしてこの仕事続けてるんですか？」

パンケーキにスモアをたっぷり載せて、古峰ちゃんが尋ねてきた。それを口に頬張り飲み込んだ後、不思議そうに小首を傾げる。

「心折れたりしませんか？　誰も見てないかもしれない番組ばかり作ってて」

「それが、全然」

私はきっぱり答え、それから古峰ちゃんの疑問に答えた。

「この仕事を私が続けてるのはね、恩返しだからなんだ」

「……恩返し？　千賀さんに、とかですか」

「それも少しはあるけど」

千賀さんには、特に妹のことで本当にお世話になっている。

ただそれ以上に、テレビに対する恩がある。

「私、人生のどん底の時をテレビに救ってもらったんだ。二十歳の時に、母が病気で倒れて入院してね」

古峰ちゃんの顔が強張った。まずいことを聞いた、と思ったのかもしれない。

だから私は、なるべく湿っぽくならないように、古峰ちゃんに打ち明けた。

「あっという間に逝ってしまって、最後の思い出を作る余裕もなかったんだ。だけど病室で一緒にテレビを見る機会が何度かあって――地元のローカル局の、お昼の情報番組。こういうご飯食べたいねとか、治ったら家族でこのお店行きたいねとか、そんな話をした思い出があって」

私が大学生の頃だった。

それまでずっと健康だった母は急な病に焦り、塞ぎ込んでもいた。私は母を励まそうと足しげく病院に通っていたけど、日に日に弱っていく姿を見るのは辛かった。父は仕事に追われていたし、妹の華絵は中学生になったばかりで、母恋しさによく泣いていた。お腹が空けばますます落ち込むから、家に帰ったらご飯の支度に追われる日が続いた。

そんな日々の中で唯一残った温かい思い出が、病室で母と見たテレビ番組だ。

テレビを見ている間だけ、母は一時焦りや辛さを忘れていられるようだった。本当にごく短い間だけだったけど、私もテレビを見て笑ったり、興味深そうに聞き入る母の姿を目に焼きつけたりすることができた。その番組には料理コーナーもあって、当時はろくに作れなかった私にいくつかの簡単なレシピも教えてくれた。

「あの時の番組が視聴率いくらか、なんて知らないけど。でもどんな番組でもテレビで流れている限りは誰かが見てくれているかもしれないし、誰かの心に残っているかもしれない。そう思うと視聴率がどうだって、心が折れる気がしないんだ」

もちろん、視聴率は高ければ高い方がいい。

だけどあの頃の母と私のような人が、今も日本のどこかにいるかもしれない。誰も見ていないようなテレビ番組に救われる心があるかもしれない。そう思えば、たとえ報われなくたっていくらでも頑張れる。

溜息を漏らした古峰ちゃんが、その後で瞳を輝かせた。

「浅生さん格好いいです！　私、もうしばらくチルエイトでお世話になります！」

ぴんと背筋を伸ばして宣言した古峰ちゃんは、決意の表情で続ける。

「ぶっちゃけ自分の担当番組を知らないとか、見たことないって言われるの悔しかったんで……私、『マヨナカキッチン』を誰も見てない番組から、誰かは見てる番組にしてやりたいです！　自分の夢を追うのはその後です！」

すごくわかる。私だって、正直に言うと悔しかった。

それでも折れる気なんて全然ないけど――でもやっぱり、視聴率は高い方がいい。

「古峰ちゃんも格好いいよ！　これからも一緒に頑張ろ！」

「はいっ！　今後ともよろしくです、浅生さん！」

私たちは声に出して誓いあい、ハイボールと缶チューハイで改めての乾杯をした。

合コン参加者からの個人的な連絡はほぼなかったけど、得たものは大きい夜だった。

翌日の朝、私は若干二日酔い気味で出社した。

それでも元気なふりをして、胸を張りオフィスへ入っていく。

「浅生さん、おはようございます！」

古峰ちゃんが私に気づいて駆け寄ってきた。

「昨夜はごちそうさまでした！　すごく楽しかったし、勉強になりました！」

頭を下げる彼女は、若さだけではなく、やる気にも満ち溢れているように見える。昨日語った決意がまだ心にあるのだろう。表情が見違えるように明るい。もちろん私だって、二日酔いのむかつきを除けばむしろ気分はいいくらいだ。

私が微笑むと彼女は頷き、踵《きびす》を返してオフィスを早足で歩く。向かう先は既に仕事を始めている土師さんの机だ。

「土師さん、先日は本当にすみませんでした」

直立不動の古峰ちゃんが切り出すと、土師さんはキーボードを打つ手を止めて視線を上げる。机に積まれているファイルや資料の山越しに、訝しそうな顔が覗いていた。

「これからは心を入れ替えて業務に励みますので、土師さんもご指導ご鞭撻《べんたつ》のほどよろしくお願いいたします！」

古峰ちゃんは威勢のいい声を上げ、一礼する。きびきびとしたきれいな動きだ。

「……あ、ああ。わかった」

釈然としない様子の土師さんをよそに、古峰ちゃんはやりきった表情で自分の席へ戻っていった。残された土師さんが、見守る私に気づいて口の動きだけで尋ねてくる。

『お前が何か言ったのか？』

私は黙って笑った。決めたのは古峰ちゃん自身だ。

自分の席へ行き、パソコンのモニターに貼りつけた付箋メモに目をやる。

『デリシャスガーデン様にオンエア日のご連絡』

――そうだった。六郷さんに、改めてお電話をしなくては。

私はお昼前に電話を掛け、先日のロケ収録分のオンエア日が決まったこと、ロケご協力のお礼、ご迷惑をお掛けした件で重ねてお詫びも告げた。六郷さんはあの後も収録に間に合うようアボカドを送ってくださり、番組に多大な貢献をしてくれた。

『そんな、いいんですよ！　こちらこそ緊張しすぎちゃって、皆さんにお手間取らせてすみません』

六郷さんは明るくそう言った後、はにかむ声で続ける。

『それに文山さんにもお会いできましたし……すごく嬉しくて。あ、もちろん番組も、今後も見させていただきます！』

そのお言葉は文山さんに、しっかりとお伝えするつもりだ。世間話よりはずっと喜んでもらえるはずだし、耳を傾けてもらえるだろう。

第三話

頑張る夜の鶏肉と卵の雑炊

チルエイトのオフィスには、入ってすぐの壁際に大きなホワイトボードがある。

『浅生　九時〜スタジオ収録』のように各社員のスケジュールや連絡事項が記されていたり、各部署からの告知が掲示されていたり、収録のある日はタイムテーブルなども貼り出されていたりと、大事な情報共有の場だ。私も出勤したらまず見に行くようにしている。

今日、私はホワイトボード左隅のわずかな空きスペースに、新たな告知を掲示した。


「『マヨナカキッチンよかった探し』、ってなんですか」

身を屈めて文字を読み上げた恵阪くんが、怪訝そうに瞬きをする。

私は張り切って答えた。

「書いてある通りだよ。番組に関するポジティブなネタだけを収集したくて、みんなにも協力してもらえたらなって」

「集めてどうする？　今からスタッフの士気を高めようって？」

土師さんが胡散臭そうにこちらを見る。

「それもあるけど、いいネタがあったら文山さんにお伝えしようと思ってるんだ。この間も、ロケ先の店長さんがファンだったって話を教えたら、とても喜んでくださってたから」

先日お世話になったデリシャスガーデンの店長、六郷さんのお言葉を、私は即座に文山さんに伝えた。普段は控室でも無表情ばかりの文山さんが、その時は喜んでいたように見えた。

文山さんがいい気分で撮影に臨むことができれば、我々もいい画が撮れて、現場の雰囲気もよくなり、いいことずくめという算段だ。

「……そんなに上手くいくか？」

私の計画を聞き、土師さんはますます疑わしげにする。

既に第五回の『鶏と卵のほっこり雑炊』まで収録を終えた現在、文山さんとの関係が思わしくないことを一番実感しているのはディレクターなのかもしれない。

「やってみなきゃわからないよ。そういうわけで、ネタあったらお願い！」

土師さんは腕組みをしてしばらく思案した後、渋い顔つきで口を開く。

「改めて探すと見つからないな……視聴率がちょっと上がった、ってのは文山さんもご存じだしな」

先日放送の第四回『小さなパンケーキカナッペ』では平均視聴率が一・九パーセントだった。微増は素晴らしいことだ。とはいえ土師さんの言う通り、視聴率は文山さんにもお知らせしている情報なので、よかった探しからは除外せざるを得ない。

「よかったって言えば、文山さんの作る料理は毎回美味しいっすよね。この間の雑炊も最高でしたよ！　……文山さん本人にいつもお伝えしてますけど」

惠阪くんは思い出すようにしみじみと語った後、苦笑いを浮かべた。

「文山さんは、惠阪くんになんて返事なさってるの？」

「『そうですか』って、まあ……なんとも言えない顔されてますね」

ご自身の料理を褒められて嬉しくないのだろうか。文山さんなら褒められ慣れているのかもしれないし、それ以前に我々が信頼関係を築けていないだけ、なのかもしれない。

だからこそもっとネタを集めて、文山さんに楽しい仕事だと思ってもらいたいんだけど

——それきり土師さんも惠阪くんも押し黙り、無茶振りした私が申し訳なさを覚えた、その時だ。

オフィスの隅でノートパソコンを覗いていた古峰ちゃんが、ぱっと顔を上げるなり言った。

「浅生さん、私、あります！」

その声に土師さんも惠阪くんも、それどころかオフィスに居合わせたチルエイト社員みんなが一斉に古峰ちゃんに注目した。四方八方からの視線に動じることなく、古峰ちゃんは床を這う配線や無造作に置かれた荷物などを飛び越えながらホワイトボード前まで飛ん

できて、パソコンを私に向けながら満面の笑みを見せた。

「これ、まだまとめてないただのスクショなんですけど……」

ディスプレイには彼女の言葉通り、スクリーンショットが並ぶ画像フォルダが開かれている。古峰ちゃんがその画像を拡大すると、どうやらSNSの投稿を保存したもののようだった。覗き込んでみれば、そこには胸が躍るような言葉が連ねられている。

『文山遼生のマヨナカキッチンを毎回見てる。疲れて帰ってきた時でも食べたくなるようなメニューばかりで結構楽しい。夜食つまみながらダラダラ見るにはちょうどいい』

『マヨナカキッチンの飯テロ度やばい。この間のパスタ速攻試した！』

『ご飯作ってもらえてる気分になって好き。欲を言えば一緒に食べても欲しいかも……』

『文山遼生ってやっぱ顔がいいよね。映画も結構見てきたけど、バラエティーでももっと見たいな～』

私が思わず息を呑むと、古峰ちゃんは胸を張って続ける。

「うちの番組に対する感想を収集したんです。嬉しい感想とか、楽しく見てくださってる方の意見とか、浅生さんに見ていただこうと思って集めてたんですけど」

「すごい……私もSNSは見てたけど、こんなに褒め言葉ばかりじゃなかったよ」

番組のハッシュタグをつけて、SNS上での『実況』をしてくれている視聴者さんも見かけていた。ただ実況はあくまで本放送に合わせての呟きで、ライブ感のあるコメントはいただけてもじっくり感想を記す雰囲気ではない。また文山さんに対する評価がネット上でも賛否両論あることもあり、ご本人に伝えたくなるような感想は拾えていなかった。

「実はこれ、クローズドな投稿なんです」

彼女は一層目を輝かせて続ける。

「私のプライベートのアカウントで、たまたま繋がってた人が感想書いてくれてたから保存しておいたんです。文山さんってアンチもいなくはないですから、ファンはSNSでも友達限定とか鍵つきにして、クローズドで感想載せることが多いみたいで」

「なるほどね。普通のエゴサじゃ探せないわけだ」

「公開されている投稿じゃないので番組で取り上げられないですけど、私たちが見て励みにしたり、文山さんにご覧いただく分には問題ないと思って……どうですか？」

「最高だよ、ありがとう古峰ちゃん！」

「本当ですかっ？　お役に立てて嬉しいです！」

はしゃぐ彼女のノートパソコンを、土師さんと恵阪くんも寄ってきて覗き込む。二人ともその目が釘づけになっていた。

「こんなに集めたのか？　というか、好意的な感想がこんなにあったのか」

「楽しんでる視聴者さん見ると元気出ますね！　これは俺も励みになるかも……」

番組に対する視聴者からのレスポンスはとても貴重でありがたい。ましてや関東ローカルかつ深夜帯の番組では得られる機会もそう多くなかった。こうして好意的な感想に、しかもいっぺんにたくさん触れられて、私の心にもやる気が満ち満ちてくる。

「『ベスト・オブ・よかった』に選んでもいいくらいの素晴らしいネタだよ。古峰ちゃん、本当にありがとう。これをお見せしたら、文山さんも絶対喜んでくださると思う！」

私が重ねて感謝を告げると、彼女ははにかみながら頷く。

「では今日の収録前に間に合うよう、画像をまとめて見やすくしておきますね」

そう宣言し、またノートパソコンを抱えて自分のデスクまで身軽に戻っていった。結んだ髪のしっぽみたいな揺れ方が近頃では、小鳥が飛び立つ間際の勢いのよさに見えてくる。

「あ、俺も手伝う！　あと感想もっと見せて！」

恵阪くんまで大喜びでついていったから、スタッフの士気向上の点でも大いに効果があったようだ。

「浅生の影響力はすごいな」

ふと、土師さんが私にだけ聞こえるように囁《ささや》いてきた。

「私？　なんで？」

聞き返すと、彼は眼鏡の奥から探るような視線を向けてくる。

「古峰がああまで張り切ってるところ、今まで見たことがなかった。お前が何か言ったからだろ？」

「そういうんじゃないけど……まあ、仕事について語り合ったりはしたかな」

古峰ちゃんが変わったように見えるのも、仕事にいきいきと打ち込んでいるのも、彼女が自分でそうすると決めたからだろう。

「あいつ、俺が何言っても聞く耳持たなかったんだけどな……」

悔しがっているのか呆れているのか判別しがたいトーンで呟いた後、土師さんは私に向かって首を竦めた。

「次に何かあったら、古峰のことはお前に任せてもいいか？」

私が答えに迷っていると、彼は表情を隠すように指で眼鏡を押し上げた。

「俺が強く言えばまた泣かれるし、浅生の方が適役だろ」

「……うん、わかった」

土師さんもこの間のことは少し堪えたのかもな、と思う。

彼がトラブルの度に憎まれ役を引き受けていることを、私は知っていたけど――みんなが知っているわけではないようだった。


「文山さん、少しよろしいですか？」

収録の本番前に控室を訪ねると、文山さんは身構えながら出迎えてくれる。

「何か問題でも？」

「いえ、そうではなくて。本番前に見ていただきたいものがあったんです」

スタジオ隣の控室はウォールミラーと椅子、それに小さな応接セットとコートハンガーがあるだけの部屋だ。千賀さんは『いつか小上がりを作りたい』とかねてから言っているけど、予算と工期の両面からなかなか実現できていない。

文山さんは控室をきれいに使ってくださることで評判だった。今もテーブルには今日の台本とミネラルウォーターのペットボトルが一本あるだけで片づいていたし、服やバッグはハンガーにきちんと掛けてある。既に衣裳に着替えていた彼は、訝しそうな顔でソファーに座り直した。

「こちらです。うちのスタッフが集めたものなんですが……」

私は持ってきたタブレットから画像を開いて見せる。古峰ちゃんが集めてくれた感想のスクリーンショットを更に見やすく加工したものだ。惠阪くんのフォローもあり、本番前に間に合わせることができた。

文山さんはタブレットを受け取り、その画像をじっと眺める。険しく見えたその目がはっと見開かれたかと思うと、彼は勢いよく面を上げた。

「これは……」

「『マヨナカキッチン』をご覧になった視聴者様が、ＳＮＳに上げてくれた感想です。いいコメントばかりだったので文山さんにもぜひ見ていただきたくて」

　そう説明しながらも、私は文山さんの表情の変化を目の当たりにしてわくわくし始めている。きっと今朝方の古峰ちゃんもこんな気分で私を見ていたんだろう。タブレットの感想を目で追う文山さんが、次に顔を上げた時には興奮を隠せない様子で口を開いた。

「こんなに見てくださってる方がいるとは思いませんでした」

「嬉しいご感想ばかりですよね！」

「ええ、本当に。なんか、ちょっと元気になれますね……」

　その言葉の間にも、文山さんはタブレットの画面を熱っぽく見つめ続けている。

　お見せしてよかった。まさしくこれが『よかった探し』になりそうだ。

　しばらくしてから、文山さんは満足そうに息をついた。

「これは、浅生さんが探してくださったんですか？」

「いえ、うちの新人ＡＤの古峰です」

「古峰さん……どの方ですか？」

　今日で六回目のスタジオ収録とはいえ、新人ＡＤの名前まで覚えてくださるタレントさんはそこまで多くないので仕方がない。

　でもせっかくだからと、私は詳細を答える。

「今年入社したての、一番若いＡＤの女の子です。最近は髪を一つに結わえてて、小柄で、ぴょんぴょん身軽に駆け回ってる子ですね」

そこまで説明すると文山さんも思い至ったらしく、ああ、と腑に落ちた顔をした。

「あの方ですね、古峰さん……すみません、お名前をまだ覚えきれてなくて。ありがとうございました、とても嬉しかったですと古峰さんにお伝えください。それと……浅生さんも。わざわざ見せに来てくださり、感謝しています」

いつもテレビカメラの前で見せるものとは違い、ごく控えめな、だけど美しい微笑が浮かんでいた。今度は私がはっとさせられて、うろたえながら応じる。

「い、いいえ。喜んでいただけたなら何よりです！」

内心、カメラの来島さんを連れてこなかったことを後悔していた。今の微笑みを撮影できていたら、さぞかし素晴らしい画になっただろうに。


その日のスタジオ収録は滞りなく終了した。

正直、滞りなくという表現さえ控えめなくらいに現場はいい雰囲気だった。文山さんはいつになく明るく振る舞い、撮影に入る前からスタッフにもマメに声を掛けてくださっていたようだ。もちろん調理パートでミスがないのはいつものことで、結果スケジュール通りに撮影も済んだ上、私もお帰りになる文山さんを和やかに見送ることができた。

「私、『いつも見やすいカンペをありがとうございます』って言っていただきました！」

収録後、古峰ちゃんは驚きを隠さずに報告してくる。

「視聴者さんからの感想もすごく細かく見てくださったみたいで、『古峰さんのお蔭でやる気が出ました』とまで仰ってくれて……ていうか、初めて名前呼んでいただいた気もします！」

大興奮で語る彼女の横では、恵阪くんも目を丸くしていた。

「なんか今日はすごく優しくしていただきましたね。小道具渡す度にお礼言ってくださったり、笑いかけてくださったりで、なんか俺、どきどきしちゃいましたよ」

私たちは思いがけず文山さんの求めているものが何かを摑んだのかもしれない。視聴者からの温かい反応、それこそが必要だった。

「古峰ちゃんのお蔭で『よかった探し』の方向性も見えたね」

私も俄然《がぜん》張り切って、ホワイトボードのよかった探し欄に『番組への評判』と書き足しておく。

「はい！」

収録後だというのに古峰ちゃんの返事は元気一杯だ。素晴らしい。

「今日はいい画が撮れた。真芯《まっしん》で捉えた弾丸ライナー級の当たりだ」

来島さんも珍しく上機嫌に唸っている。普段は職人気質らしく寡黙《かもく》そのもので、業務以外で無駄なおしゃべりはほとんどしない人だ。それが今日はみんなの輪に交ざって嬉しそうに語り始めた。

「初めは文山さんも作り笑いが多くて、無機質な雰囲気の人だなと思っていた。だが今日は自然な笑顔ばかりでいい感じだったよ。今回の分が放映されたら視聴者さんも『雰囲気変わったな』って驚くだろう」

「それは放送日が楽しみですね！」

私が言うと、来島さんも日焼けした顔をほころばせ、分厚い手のひらで惠阪くんの肩を叩いた。

「そういうわけで惠阪、いい編集を頼むな」

惠阪くんはぎょっとした顔で聞き返す。

「え⁉　俺っすか、土師さんじゃなくて？」

「土師に編集教わってるんだろ？　お前は我が社の未来のエースだからな」

「いや、まあ、そうですけど……」

編集の話を振られた途端、惠阪くんはしおれてしまったように肩を落とした。

その様子を見て、ずっと黙っていた土師さんが皮肉っぽい笑みを浮かべる。

「なんだよ惠阪、気乗りしない様子だな」

「いえっ、そんなことは全然！」

一度はしゃきっと背筋を伸ばして答えた惠阪くんは、だけどすぐにまた力なく続けた。

「……けど、ぶっちゃけ難しいんすよね編集。土師さんにも迷惑掛けっぱなしですし」

「そう思ってるなら早く覚えろ。今日もこれから五回の編集やるぞ」

「が、頑張りまーす……」

映像編集はテレビ番組を作る上で最も肝心と言える仕事だ。いくら素晴らしい収録ができても、編集をしなければ完全パッケージ化はできないし公共の電波にも乗せられない。収録した映像を使う分だけ切り抜き、繋ぎ合わせ、カラーの調整や音声、音楽などを加え、更にテロップなどを載せる工程を、チルエイトでは社内で全て完成させている。

ただ、恵阪くんが言うように編集作業は一筋縄ではいかなかった。『マヨナカキッチン』で言えば番組自体は三十分、そのうちCMを除いた正味の放送時間はおおよそ二十四分程度だ。一方、調理を伴うスタジオ収録は一時間以内で終わることはまずないし、ロケパートはもっと時間が掛かる。それだけの収録時間から撮れ高のある映像だけを選び抜く作業には、取捨選択の難しさを嫌というほど思い知らされた。私も別番組で経験があるからよくわかる。

現在はチーフADとしてADのまとめ役を担っている恵阪くんだけど、恐らくもう一、二年もすればディレクターに昇格することだろう。だから土師さんも編集作業を教え始めているのだろうけど、恵阪くんはまだ苦手意識の方が強いようだ。

「今日、終電までに帰れるかな……」

恵阪くんがぼやくのを聞いて、土師さんも溜息をつく。

「お前次第だ」

二人のなるべく早い退勤を、私も願ってやまないところだ。

「昨日の収録、相当いい雰囲気だったんだって？」

千賀さんが私にそう尋ねてきたのは、翌日の午後五時を過ぎた頃だった。

昨日今日と千賀さんは別の撮影班との仕事があり、『マヨナカキッチン』の収録には居合わせていない。誰かから首尾を聞かせてもらったんだろう。上機嫌で目を細めていた。

机に向かっていた私は、仕事の手を止めて応じる。

「はい、来島さんも『弾丸ライナー級だ』って大絶賛でした」

「聞いたよ。あの人があれだけ褒め称えるのは珍しいからね」

来島さんと千賀さんはチルエイト設立前からのお付き合いとのことだ。かつて我が社で飲み会を催していた頃は、部下たちそっちのけでテレビ業界について、あるいは贔屓《ひいき》球団の今シーズンについて真剣に話し込むお二人の姿も目にしていた。

飲み会がなくなった今でも、野球談議に花を咲かせている姿は見かけることがある。

隣の席で作業をしていた絢さんが、そこでくすっと笑った。

「来島さんの例えはいつもわかりにくいけど、今回のは手応えあったって感じするね」

千賀さんも満足げに微笑み、私に向かって続ける。

「文山さんとも一時はどうなることかと思ったけど、上手くいきそうじゃないか。この分だと一クール、平穏無事に完走できそうだね」

「ええ。欲を言えば、もうちょっとだけ視聴率も上げていきたいです」

私が控えめに本音を口にすると、千賀さんはおかしそうに笑ってみせる。

「浅生も土師も貪欲だなあ。向上心があるのはいいことだけどね」

そうは言うけど、視聴率がまだ二パーセントにも届かない現状に満足するつもりはない。私は文山さんと『マヨナカキッチン』はもっと上を目指せるポテンシャルがあると思っているし、ディレクターの土師さんは自身が手がける番組が伸び悩んでいることを歯がゆく感じているはずだ。昔の千賀さんだったらプロデューサーとして撮影班に発破を掛けるくらいのことはしただろう。

私の内心を知ってか知らずでか、千賀さんはちらりと私の机に目をやる。レッサーパンダのぬいぐるみが飾ってある机には、まだ作業中のノートパソコンが開きっぱなしだ。

「浅生は、今日は遅くなるのかな?」

「なるべく早く帰ろうとは思ってます。ただ、来月分の予算を組んでしまわないと」

「ご苦労様。じゃあ施錠と警備システムは――」

「私が先に上がるようなら土師さんにお願いします。今日も編集中なので」

ホワイトボードのスケジュール欄には『土師　九時〜編集室』と記されていた。昨日は結局遅くまで残っていたようだし、今日も朝からずっとこもりっきりだ。私の方が先に退勤する可能性の方が大きい。

「わかった、あとで編集室に声を掛けておいてくれ。編集終わりまで待つと言ったんだけど、土師に叱られてね。とりあえず一旦帰って、連絡を待つよ」

鞄とコートを小脇に抱えた千賀さんは、申し訳なさそうに言った。

編集が終わり完パケとなった後には必ずプロデューサーチェックがある。納品前の最終確認だ。でも待たせてもらえないということは、やや難航しているのかもしれない。

「昔と違って徹夜できる身体じゃないんだし、無理してもらっちゃ困るよね」

うんうんと頷く絢さんを見て、千賀さんは寂しげに眉尻を下げた。

「君まで言わなくても……叱られてきた後なんだからさ」

「土師くん頼もしいね。私の言いたいこと、全部言っておいてくれて」

千賀さんがほんの一瞬、他の誰にも見せない温かな眼差しを絢さんに向けたのがわかった。そんな一瞬を目撃する度、結婚っていいな、と思う私がいる。

ともあれ、叱られた千賀さんは素直に帰ることにしたようだ。

「今日は僕が娘のお迎えでね。サッカー教室の帰りに、一緒に外食でもしようかって話してたんだ」

千賀さんと絢さんには小学二年になる娘さんがいる。何度か一緒にチルエイトを訪ねてきてくれたので、私たちもよく知っていた。かなたちゃんといって、元気に挨拶ができる、可愛らしくてとてもいい子だ。

絢さんに見送られ、千賀さんは上機嫌で退勤された。娘さんとの約束がよほど楽しみなんだろう。

かつてテレビマンとして辣腕《らつわん》を振るっていた頃の千賀さんに憧れていたし、ああなりたいと思ったものだけど、今の愛妻家かつ子煩悩《こぼんのう》な千賀さんのことも私は尊敬している。午後五時退勤で子供のお迎えとは共働きの夫の実に理想的なモデルだとも思う。

「絢さんはこれから打ち合わせでしたっけ」

残された絢さんに尋ねると、彼女は細い肩を竦めた。

「そう。久住《くずみ》さんたちと局まで行ってくるよ」

久住さんとは我が社にもう一人いるディレクターで、現在はお昼のワイドショー番組を受け持っている。絢さんもAPとしてそちらを担当していて、生放送特有の慌ただしさもあったり、コーナー用のロケもあったりと日々忙しそうにしていた。その上、夜からも打ち合わせなんて大変なことだ。

「信吾さんがかなたの面倒見てくれるからよかったけど――浅生は、あれからいい人見つかった？」

「全く見つかってないですね」

「浅生は可愛いし、探すとなれば引く手あまたって感じするのに」

「へへ、ありがとうございます。でもまず、探し方がわからないんですよね」

「そっか……私も伝手はないからなあ」

そうして考え込んだ後、励ますような笑みを向けてくれた。

「とりあえず、参考までに教えて。どんな人がいいの？」

情けないことに、改めて聞かれると即答できない。正直、結婚相手を選り好みしていい段階ではないこともわかっている。ここは必要最低限に絞っておくべきだろう。

「一番大事な条件は、仕事に理解がある人ですね」

私が答えると、絢さんはほっとしたような顔を見せる。

「結婚しても今の仕事続けたいんだ？」

「もちろんです。帰りが遅くなっても、時には朝帰りになってもわかってくれる人がいいです。あと、多少音信不通になっても気にしない人。メッセージの返事とか気長に待ってくれたら嬉しいですね」

在りし日の歴代彼氏にはそれができなかった。普通は恋人同士で音信不通になんてならないものだろうし、仕方ないのだろうけど。

だからこの仕事に理解ある人がいい。それは絶対に譲れない条件だ。

「この業界にいるなら、わかってくれて支えてくれる人じゃないとしんどいよ」

絢さんも納得した様子で頷いた。

「やっぱり、絢さんもそんな感じで千賀さんを好きになったんですか？」

突っ込んで聞いてみたら、照れ隠しみたいに軽く睨まれたけど。

「教えなーい」

お二人が結婚されたのはもう十年も前のことだ。結婚式には私たちもチルエイトの総力を結集したお祝いムービーを作成してお贈りした。結婚前からそうだったように、十年が経った今でも仲睦まじいご夫婦だ。

「私も、かなたがお腹にいるってわかった時は、辞めるかどうかすごく迷ったんだ」

絢さんは思い出を噛み締めるように長い睫毛《まつげ》を伏せる。

「でも信吾さんが助けてくれるって言ったから、信じて続けることにしたの」

はにかみつつ、三つ編みの結び目を弄《いじ》りながら続けた。

「こういう仕事だから、娘には寂しい思いもさせてると思う。一昨年は夫が体調崩したりもしたから余計にね。でも夫婦で分担は上手くいってると思うし、最近はかなたも私たちの仕事をわかってくれてね。テレビ見て、『ママの番組面白いね』って言ってくれて……」

そこまで話した絢さんは、ふと顔を上げ、私に向かって念を押す。

「浅生も、子供作るかどうかはちゃんと考えておきなよ」

正直、相手もいない状態でそこまで考えるのは非常に難しい。欲しいかどうかもよくわからない。子供の面倒を見るのは結構好きだけど、産休、育休を使っても今の仕事を続けるのはさぞかし大変だろう。

結婚をすることは、今の自分のままではいられないことでもあるのかもしれない。少なからず失うものがあり、変わるものがある。それでもなお一緒にいたいと思う人と出会えるか、そこが肝心だ。

「相手ができたら、真っ先に議題に挙げておきます」

そう答えると、絢さんはほっとしたように微笑んだ。それから朗らかに続ける。

「で、他にどういう条件がいいの？　お相手の職業は？」

「なんでもいいです。現状、出会うところが一番難しいんです。そこさえクリアできれば先のことも考えられるんですけど」

救いを求めるつもりでそう訴えると、絢さんは心当たりを手繰るように腕組みをした。

「浅生は、マッチングアプリは試したことある？」

「ないです」

古峰ちゃんがやってみたという話は聞いていたし、周りの友人の利用報告も見かけたことがあったけど、自分はない。

「私も試したことはないんだけどね」

絢さんは念を押すように笑う。

「この間うちの番組で特集組んだんだ。マッチングアプリで出会って、めでたく結婚するカップルが割といるんだって。街録でアンケート取ったら、若い世代ほど肯定的っていう調査結果でね。むしろ婚活の一手段としてその間口の広さが好評みたい」

「へえ……結婚するパターンもあるんですね」

「最近じゃ珍しくもないって話だよ」

それほど広く浸透しているものなら、私にも出会いのチャンスくらいあるのではないだろうか。

ふと時計を見た絢さんがバッグを肩に掛け、私に向かって手を振ってくれる。

「興味あるならもっと調べておくよ。よく知らないことを安易に勧めてもあれだしね。浅生には幸せになって欲しいから、頑張って」

祈るような言葉を残し、絢さんは颯爽《さっそう》と出ていった。

幸せになって欲しい、か。私にそんなことを思ってくれる人がいること自体が幸せで、口元が自然とゆるんでしまう。

よし、今夜はなるべく早く帰ろう。決意新たにデスクに向き直ろうとして、ホワイトボードがまた目に入る。

『恵阪　九時～編集室』

編集作業が日を跨《また》ぐのはよくあることだけど、今頃は大分疲れてきているだろう。土師さんと二人なら緊張もしているだろうし、容赦なくしごかれてもいるかもしれない。千賀さんにも頼まれているからあとで覗きに行って、ついでに差し入れでもしてあげよう。

　恵阪くんは編集を苦手に思っていたようだし、実際に大変ではあるけど、一方で終わってしまえばあれほど達成感のある仕事もない。私もディレクター時代には編集室にこもり、時に一日掛かりで一本の番組を作り上げた。何を残し何を削るかで悩み、千賀さんを筆頭とする先輩がたに励まされつつ映像を繋ぎ合わせ、発注したテロップや音楽、ナレーションを組み込み、そうして完パケまで漕ぎつけた時の安堵と言ったらこの世界の全てが美しく見えるほどだった。初めての編集作業を終えた後、始発の小田急線の車窓から見た朝焼けは、今でも私の瞼に焼きついている――。

　とはいえそんな目に遭うのは私だけで十分だ。あの頃と比べるとデジタル化を遂げた編集作業は大分楽になっているし、そこまで時間は掛からないはずだった。

　思い出に耽《ふけ》りながら仕事をしていたせいだろうか。作業を終えてふと顔を上げると外はすっかり暗くなっていた。

「あ！　しまった……」

　がらんとしたオフィスに私の独り言が響く。カーテンのない窓の向こうはとっぷり暮れていて、よそのビルの窓明かりが冴え冴えと光っていた。視線を室内へ戻せば、見慣れた壁掛け時計は午後九時過ぎを指している。

私は大慌てで後片づけをして――そうだ、帰る前に惠阪くんたちへの差し入れも買ってこなければ。新宿は眠らない街とはいえ、あまり遅くなるとお弁当類も買いにくくなる。そもそも遅い時間、しかも華の金曜日に新宿の街中を歩き回るのも抵抗があるから、先に買い出しを済ませてこようか。

チルエイトは一応土日休みの週休二日制だ。この『一応』というのが厄介で、土日祝日でも収録の予定が入ればその日は問答無用で出勤だ。多くのタレントさんは暦通りのお休みなどないお仕事だし、テレビ局は一年中明かりが消えることのない取引先だし、ロケ先のお店などの都合にも合わせて収録スケジュールを立てなくてはならない。もちろん土日に出た分は別日に代休を貰えるものの、結果的に一年の休みの半分くらいは平日になってしまう。当然ながら連休なんてめったにないけど、再来月の華絵たちとの約束の日には無事に有休が貰えそうだった。

明日は久々に収録のない土曜日で、来月に備えて服を買いに行く予定だ。独り暮らしだとどうしてもお休みの日の朝は寝坊をしてしまうから、明日はしっかり目覚ましを掛けなくては――そんなことを考えながら、お財布片手にオフィスを出る。

すると、廊下を駆けてくる古峰ちゃんの姿が見えた。彼女もまだ残っていたようだ。

「浅生さんっ！」

「ああ、古峰ちゃん。遅くまでお疲れ様――」

「た、助けてください！　大変なんです！」

私の言葉を遮るように叫んだ彼女は、そのまま目の前で立ち止まったかと思うと肩を上下させながら必死に訴えてきた。

「編集室の空気が最悪なんです！　恵阪さんがやらかして、土師さんがガチギレしてて……」

休日前の浮かれ気分がすうっと冷え込み、空っぽの胃がずしりと重くなる。

「わかった、すぐ行くよ。何があったの？」

編集室までの道すがら、息を切らした古峰ちゃんから事の次第を聞いておく。

「実は恵阪さんが操作ミスで、仮編集データを吹っ飛ばしちゃったそうなんです」

「それはまずいね」

本編集に入る前に行う仮編集は、番組の構成、つまり起承転結を決めた上で使う映像及び音声素材を先に繋ぎ合わせておく作業だ。仮編集はオフライン編集ともいい、言葉通りパソコン一台あればどこでもできるので、基本は編集室に入る前に済ませておく。

それが吹き飛んだのなら、まず仮編集からやり直さないといけない。

「もちろん素材は無事なんでやり直しているんですけど、土師さんがすっかり怒っちゃって。テレビ局側の締め切りは明日ですけど、明日って土曜じゃないですか。なのに千賀さんに来てもらわなくちゃいけないから……」

古峰ちゃんは眉間に皺を寄せ、辛そうに話を続ける。

「お二人ともずっと編集室にこもっていて、たぶんご飯も食べてないはずなんです」

「え、こんな時間なのに？」

私だってお腹がぺこぺこなのに、狭い編集室にこもって飲まず食わずは辛いだろう。ましてや担当番組は『マヨナカキッチン』、文山さんが作る素晴らしい料理の映像を編集している最中だ。

「はい。それで私、何か買ってきますって近くのコンビニ回ったんですけど……なんか今日に限ってお弁当もおにぎりも全然置いてなくて。金曜夜だからですかね、買えたのはご飯のパックくらいで、だったら卵もつけてＴＫＧにしてもらおうかと思ったんですけど、見事にお二人とも手をつけてないです……」

古峰ちゃんは、責任を全部背負い込んだかのように申し訳なさそうな顔をする。

こんな状況なのに危うく噴き出しそうになって、私は慌てて口元を引き締めた。卵かけご飯を提案する古峰ちゃんのセンスはとても可愛い。私だったら大喜びでいただくけど、今の土師さんと惠阪くんにそれを楽しんでくれる余裕があるとも思えなかった。

編集室で食べるご飯は『ハコメシ』と呼ばれ、長く辛い作業中の唯一の楽しみでもある。みんなここぞとばかりにちょっとお高い出前を取ったり、先輩社員から差し入れしてもらったりするものだ。だからこそ私も差し入れを買ってこようとしていたわけだけど、こうなったら場を和ませる為にちょっと奮発する必要があるだろうか——。

そんなことを考えていたら編集室前まで辿り着いた。重い防音扉をノックした古峰ちゃんは、一度私を縋《すが》るように見てから恐る恐る扉を開く。

入り口から中を覗くと、確かに室内の空気は肌でわかるくらいにぴりぴりしていた。入ってすぐ目につく六十五インチの吊り下げ式メインモニターの下、ノンリニア編集機やマスターモニターと向き合う惠阪くんの縮こまった後ろ姿があり、彼の座る椅子の背もたれに手を置き、後ろからじっと覗き込む土師さんの様子も見て取れた。惠阪くんはまるでスパルタ家庭教師に張りつかれて勉強に勤しむ受験生のようだ。

「だから、色味はマスターモニターで確認しろって言ってるだろ」

「すみません、うっかり見落としてて……っ！」

平謝りの惠阪くんは疲労のせいか、声まですっかりよれよれだった。どう声を掛けるか迷っていれば、先に気づいた土師さんが振り返り、こちらを見てあからさまに眉を顰める。

「差し入れならそこに置いてってくれ」

私が手ぶらで来たことをしっかり確認した上で、そう言った。これは相当機嫌が悪そうだ。

古峰ちゃんが私の背後にさっと隠れたから、私はあえて普段通りの声で応じる。

「必要ならなんでも買ってくるよ、何がいい?」

「いや、いい。食べてる暇も惜しい。ついさっき仮編集が終わったところだ。終わるまでにはまだ掛かる」

素っ気なく言い放った土師さんが、目線を惠阪くんの方へ戻した。

「……すみません……」

詫びる惠阪くんはとても申し訳なさそうだ。

編集室にはソファーが二脚とテーブルが一台あり、普段はここでハコメシを食べたり、編集が長時間に及んだ際にはスタッフ同士がソファーを譲り合いながら仮眠を取ったりする。今はそこに古峰ちゃんが買ってきたというレトルトのご飯パックも生卵も封を切られることなく放置されていた。一応、割り箸も数膳添えられているのが面白い。

追い込まれる二人をよそに、メインモニターには『マヨナカキッチン』のオープニング映像が流れている。冒頭の予告としてインサートカットで映し出される『鶏と卵のほっこり雑炊』は、もうもうと白い湯気が上がり見るからに美味しそうだ。そういえば私も夕飯がまだだった、と場違いにも痛感させられた。

「お腹空いてると集中できないでしょ? ただでさえ美味しそうな料理番組なのに」

土師さんはもう一度振り返ると、とても不満げな顔で応じる。

「だから、時間がないって言ってるだろ。このままだと俺たち帰れなくなるんだぞ」

「編集なら私も手伝うから。二人とも少し休むべきだよ」

「俺はいい。惠阪はどうするか知らないけど」

土師さんが言い切った時、惠阪くんはちらっとだけ私を見たようだ。それでも何も言わなかった。言えなかったのかもしれない。

自分のミスで編集が長引いているという状況で、上司が休憩を取ろうとしていないのに自分だけ休む、なんてことが惠阪くんにできるはずがなかった。こういう時はまず土師さんの方を休ませなければ駄目だ。

「土師さんがご飯食べなかったら惠阪くんも食べにくいと思う。一旦、二人でご飯にしたら？」

すると土師さんは、いかにも億劫《おっくう》そうに長い溜息をつく。

「買ってくるにしろ食べてくるにしろ、今からだと時間も掛かるし、ろくなものもないだろ」

編集室にある壁掛け時計を見上げれば、もうじき十時になるところだ。この辺りなら二十四時間営業している居酒屋だってあるけど、疲労困憊《ひろうこんぱい》の人たちに勧めるには騒がしすぎるか。かといって近くのコンビニはさっき回ってきたと古峰ちゃんが言っていた――その成果がレトルトご飯だ。

私は宣言した。

「だったら私が作るよ」

さしもの土師さんもその申し出は予測していなかったんだろう。眼鏡の奥で目を一瞬見開いたかと思うと、急に歯切れ悪く答える。

「あ……浅生が？　いや、でもそれは……」

「休憩室でさっと作ってくるよ。こう見えても料理はできるからね」

「それは知ってるけど――」

土師さんはどう答えようか迷っているようだ。さっきまで見せていた苛立ちは引っ込んでしまったようだったので、駄目押しとばかりに畳みかける。

「何が食べたい？　材料は限られてるから、なんでもできるとは言わないけど」

編集機前の惠阪くんがおずおずとこちらを振り返る。何も言わなかったけど、土師さんと一瞬目を合わせたようだ。

「じゃあ……夜も遅いし、あっさりしたものがいい。あとは任せる」

少しきまり悪そうに土師さんは言い、私は頷いた。

「わかった。ちょっと待ってて」

テーブルのご飯と卵を両手で抱えると、そのまま編集室を出ていく。ドアを開けてくれた古峰ちゃんが、すぐ後からついてきた。

「浅生さんめちゃくちゃ勇敢ですね……！」

廊下へ出ると、彼女は声を落として私に告げる。

「あの土師さんに真っ向から反論するとは思いませんでしたよ！　怖くないんですか？」

「私は怖いって思ったことないよ」

古峰ちゃんは目を丸くしていた。でも上司や先輩ではなく同期だから、他の社員とは違う見え方になっているだけだと思う。

「手伝いましょうか？」

「ううん、一人でも大丈夫。ありがとね。古峰ちゃんこそもう遅いし、今日は上がってもいいんじゃない？　編集の手伝いは私がするから」

すると彼女はぱっと嬉しそうな笑顔になり、間髪を入れずに頷いた。

「はい！　ではお先に失礼します！」

こういうところ、素直で可愛いなと思う。


無人の休憩室には、自販機のモーターが唸る音だけが響いていた。

私は椅子やテーブルの間を突っ切り、休憩室奥のキッチンに向かう。あまり使われている痕跡のないキッチンは、いつも掃除だけは行き届いていた。棚にしまってあったぴかぴかの鍋を一応洗い、ついでに調味料がないか確認しておく。

キッチンにあったのは食卓塩と、冷蔵庫に大事そうにしまわれていた醤油の小袋だけだった。あとはコーヒーメーカーの横にグラニュー糖とコーヒーフレッシュなら常備してあるけど、それらを用いるご飯に合わせせられそうなメニューがとっさに思い浮かばない。

ただ、いいものも見つけた。冷蔵庫の中はいつ入れたかわからない缶ビールとミネラルウォーターで占められていたけど、最上段にサラダチキンのパックがぽつんと残されていた。パックの表面にはマジックで『千賀』と見慣れた筆跡のサインがある。一瞬迷ったけど、この状況を打破する為の救世主になっていただくことにした。

「あとで買って、お返しします……！」

ご帰宅済みの千賀さんに手を合わせる。

これでレトルトご飯、卵、サラダチキンと材料が揃った。このラインナップで思いつくメニューと言えば、やはり『鶏と卵のほっこり雑炊』だろう。文山さんが作ったものとはだいぶ違う味わいになりそうだけど――まあ、結果的に美味しければいいのだ。

まずはサラダチキンをパックから取り出した。

『雑炊に入れる具材から用意しましょう。鶏もも肉は一口大に切ります。筋と余分な脂肪もできるだけ取ってしまうとヘルシーですよ』

収録の時の文山さんの作り方を思い出す。サラダチキンはもも肉じゃないし余分な脂もないけど、果たして味はどうだろう。

とりあえずキッチンバサミで半分に切ってから、食べやすいくらいの細さに裂いて、具材の準備はこれでおしまい。文山さんは小ネギも用意していたけど、そんなものが午後十時過ぎにたやすく手に入るはずもない。

『鍋に水と白だし、料理酒を入れたら、鶏肉を入れてゆっくりと煮込みます。アクがたくさん出てきますから丁寧に掬ってください。その後冷やご飯を入れたら、弱火でもう少し煮ましょう』

あいにくここにある調味料は塩と醤油だけだ。とりあえず鍋に水を張ると、先にご飯を冷たいままパックから取り出し、鍋へ投入した。そして木べらでゆっくりと、お米を潰さないようにほぐしながら加熱する。

サラダチキンはアクも出ないし加熱する必要もないので、ご飯と一緒に煮込んでしまおう。チキンの旨み、塩気のお蔭で美味しくなるはずだ。

鍋のご飯はふつふつと静かに煮えている。水分を吸ったお米は柔らかくなり、粘度の高い気泡がぱちんと弾けるのが雑炊っぽくていい。立ちのぼる湯気からはご飯が炊ける時と同じ、食欲をそそるいい香りがする。

一度味を見てから、賞味期限確認済みの小袋醤油を回し入れた。あとは溶き卵を入れるだけだ。

『卵をふわふわに仕上げるポイントは三つ。鍋が沸騰してから入れること、入れた後は煮立たせないこと、そして卵を入れたら少しだけかき混ぜて、あとは放っておくことです』

文山さんのお言葉通り、卵は入れるタイミングが大事だ。鍋の中身が冷えていると上手く固まってくれないし、加熱しすぎると卵がもろもろになってしまう。

私は煮立った雑炊に溶き卵をぐるりと回し入れ、お鍋を二回だけ大きくかき混ぜた。そして蓋をして火を止め少し待つ。

しばらくしてから蓋を開けると、溢れ出す湯気越しにふわふわした卵を載せた雑炊が現れた。味見してみるとご飯はしっかり火が通って柔らかく、スープには思っていた以上に鶏肉のだしが出ている。サラダチキンは火が通っても食感はあまり変わらず、雑炊として食べるからかぱさつきもなくしっとりしていた。美味しい。正直、ありあわせで作ったとは思えないほどの出来映えだ。

あとは土師さんと恵阪くんのお口に合うかどうかだけど――幸い、今の私には最高の調味料が味方してくれている。お腹が空いている二人なら、なんでも美味しいと言ってくれるに違いない。

編集室まで鍋と器、それにスプーンを運んでいきながら、私は古峰ちゃんにさっき告げた『私は怖いって思ったことないよ』という言葉を思い返していた。

土師さんを怖いと思ったことはない。でも、脅威だと思ったことはある。

七年前、彼はチルエイトに中途入社でやってきた。仕事で知り合った千賀さんを慕い、その下で働きたいと熱望した上での転職だそうだ。他社で既に番組制作のノウハウを学んでいた土師さんは、チルエイトでも入社してすぐディレクターになった。

当時は私もようやくＡＤを卒業したばかりの新米ディレクターで、いつもひいひい言いながら番組作りに追われていたのを覚えている。そんな私とは対照的に、新しい職場に来たばかりの土師さんはいつも涼しい顔で自分の仕事をこなしていた。収録のディレクションも編集の速さも、自分でカメラを持った時の撮影でも、何一つとして彼に敵わなかった。

ＡＰになった今では業務も違うし、もはや土師さんに張り合う必要はない。だからあの頃の焦りも羨望も悔しさも、ずいぶん遠い記憶になってしまった。それでも今みたいにふと思い出すことがあって、無性に懐かしいような、くすぐったいような気持ちになる。


「お待たせ、作ってきたよ！」

そう声を掛けながら編集室に入ると、編集機前に座る惠阪くんが勢いよく振り返った。

「ありがとうございます！　うわ、いい匂い……！」

すぐに窺うような視線を土師さんへ向ける。

依然居心地悪そうな顔をしている土師さんは、いつになくぎこちない口調で応じた。

「ああ……冷めたら悪いし、いただくか」

「食べましょう食べましょう、俺もうぺこぺこ過ぎてあばらが浮きそうでした！」

惠阪くんは立ち上がるなりテーブル前のソファーまですっ飛んでくる。土師さんが黙ってその隣に腰を下ろしたから、私は二人の向かい側に座って雑炊を器に盛りつけ、配った。

湯気がゆらめく雑炊を受け取った二人は、一様に目を瞬かせる。

「卵雑炊？」

「もしかして、文山さんが作ったやつですか？」

「全く同じ作り方ではないけどね」

私は念の為、先に弁明しておいた。

「レトルトご飯と卵、サラダチキンくらいしかなかったからありあわせ雑炊。文山さんの雑炊と比べると見劣りするだろうけど、味見したら美味しかったから安心していいよ」

「浅生さんの手料理、一度食べてみたかったんですよ！　いただきますっ！」

恵阪くんの行動は早かった。スプーンを握りおざなりに手を合わせたかと思うと、早速雑炊を掬って口へ運ぶ。まだ熱いのにろくに冷ましもせず食べたからか、しばらくはふはふ言っていたけど、どうにか飲み込んでからいい笑顔を浮かべてくれた。

「美味しいです！」

「あ、お口に合った？」

「めちゃくちゃ合いました！　サラダチキンって煮込んでも美味いんですね。五臓六腑《ごぞうろっぷ》に染みわたります！」

私の問いにそう答えた後は雑炊に息を吹きかける。結局冷めるまで待てなくて、口に入れては熱そうにしていたけど。

一方、土師さんはようやく最初の一口を食べたところだ。らしくもなくおずおずとスプーンをくわえた後、表情を変えずにもう一口雑炊を食べる。それからようやく、ぼそりと言った。

「美味しいな。ほっとする味だ。腹減ってる時の夜食は、こういうのが一番いい」

土師さんは尚も気まずそうな表情のまま器とスプーンを一旦置く。そして頭を下げながら切り出した。

「二人とも、さっきはごめん。イライラしてて、俺が一人で空気悪くしてた」

私と惠阪くんは呆気に取られ、一瞬顔を見合わせる。

もっとも我に返るのは惠阪くんのほうが早かった。大慌てで口を開く。

「元はと言えば俺のミスですから！　土師さんが怒るのも無理ないですって！」

「けど、お前に当たったって作業が早く進むわけでもなかった。反省してる」

素直に語った土師さんが、その後で私に向かって少しだけ笑った。

「実を言うと、めちゃくちゃ腹減ってたんだ。浅生が来てくれて本当に助かった」

編集室を支配していた緊張感が一気にほどけたようだ。私は思わず安堵の息をつく。

「お役に立ててよかった。私も手伝うから、これ食べたらまた頑張ろうね」

「悪いな、夜遅いのに」

できれば終電に間に合えばありがたいけど、会社で夜明かしなんてこれまでもよくあったことだ。むしろここで完パケを仕上げて、後顧《こうこ》の憂《うれ》いなく休日を迎える方が絶対にいい。

胸のつかえが取れたのか、土師さんはまたスプーンと器を手に取り、雑炊を食べ始めた。恵阪くんと二人並んで、火傷をしないよう慎重に、幸せそうに啜っている。

私は安心したからだろうか、忘れていた空腹が急に蘇ってきた。早速、私も雑炊をいただこう――その前に、物撮りをしないと。

慌ててデジカメを取り出すと、恵阪くんが怪訝そうに尋ねてきた。

「浅生さんは食べないんですか？」

「食べるけど、その前に写真撮っておきたくて。ホームページに載せるからね」

文山さんのレシピ通りに作ったメニューではない。だけどこんな作り方もありますよと例を載せるのも悪くはないだろう。ちょうど古峰ちゃんが集めてくれた感想の中に『アレンジレシピを知りたい』というご意見もあったし、例えばコンビニで全て材料が揃うアレンジ、なんてキャプションを付けてもいいかもしれない。

湯気の立っているうちにとりあえず一枚撮ると、編集室のテーブルの上、照明の真下の雑炊は、少し影が入って暗めに写ってしまった。湯気の写りもぼやけている。

「うーん……別の部屋で撮ってきた方がいいかな」

いまいちな出来映えに私は唸った。とはいえ温かい料理は時間勝負なところもあるし、どうしようかとデジカメの画面を眺めていたら、土師さんが声を掛けてきた。

「いいもの貸してやる」

彼は自分の鞄から小型のＬＥＤライトを取り出す。

「料理の写真は自然光で撮るのが一番いい。でも自然光がない時はこいつを使う」

土師さんはライトを器の左斜め後ろに置き、編集室の照明を落とし、私からデジカメを受け取ると設定を確認した上でまず数枚撮る。

土師さんの鞄から、続いて折り畳み式のレフ板も出てきた。私は指示通りにそれを持ち、初めに置いたライトの反対側に屈み込む。メインライトの光を反射させてもう数枚撮った土師さんは、画面を覗いてちょっとだけ満足そうな顔をした。

「よし、あとは加工すれば出来上がりだ。浅生、弄っていいか？」

「うん。せっかくだからお任せするよ」

チルエイト一のディレクターの加工技術を見てみたいので、私は二つ返事で了承する。

土師さんはノートパソコンで、デジカメで撮った雑炊の画像データを加工し始めた。

「料理の画像って主にどこを加工するんですか？」

興味津々でパソコンを覗き込む恵阪くんに、土師さんはいきいきと答える。

「まず明るさだな。シズル感を出すならコントラストも弄った方がいいし、今回なら卵を美味しく見せる為に彩度も上げた方がいい。あと、温かい食べ物なら色温度も大事だ」

彼のすごいところは作業の手早さだ。説明しながら写真を加工して、あっという間に仕上げてしまった。しかもやりすぎることなく、ちょうどいいバランスで——パソコンの画面に映し出された雑炊は、ぼんやり暗い木目のテーブルの上で美しい湯気をゆらめかせている。つやつやとした雑炊のシズル感、柔らかい光に浮かび上がる米粒の立体感、ふわふわした卵の質感と色鮮やかさまで完璧な仕上がりだった。私がこれまで撮ったものと比べても格段に美味しそうだ。

「黒背景じゃないのに、こんなにくっきり湯気が撮れるの……？」

愕然とする私に対し、土師さんはなんでもない顔をしてみせる。

「……美味い夜食作ってもらったし、そのお礼ってことで」

なんだかむずがゆそうに口元をゆるめた土師さんが、ソファーに戻って残りの雑炊を食べ始めた。隣に座る惠阪くんが、ちょっと嬉しそうにその顔を覗き込む。

「土師さんも褒められたら照れたりするんですね」

「照れてない。いいから、食べたら編集に戻るぞ」

すっかり和やかになった二人の間の空気に、私もほっとしながら雑炊を食べた。夜遅くに食べる鶏と卵の雑炊は、確かにほっこり優しい味がする。

私たちは夜通し編集作業に勤しんだ。

仮編集した映像にナレーションを載せ、テロップを入れ、色の調整をして、『マヨナカキッチン』第五回が少しずつ完成に近づいていく。マスターモニターで繰り返しプレビューを確認しながら、音やテロップのズレはないか、映像の色合いはおかしくないか、ロケシーンで通りがかった車のナンバープレートや政党のポスターなど、モザイクの必要な箇所は映り込んでいないかと五感を研ぎ澄ませた。

モニターの中で微笑みながら調理をする文山さんと、彼の作る美味しそうな料理を引き立たせる番組を作る為には一つの妥協もなく完璧でなくてはならない。編集を続けた末、すっかり夜も明けた午前七時過ぎ、ようやくゴールに辿り着くことができた。

「終わった……！」

マスターモニターの前で惠阪くんが嗄れかけた声を上げ、へなへなとくずおれる。

そのまま彼は私と土師さんに向き直ると、深々と頭を下げてきた。

「この度は大変ご迷惑をお掛けしました！　ありがとうございました！」

「礼を言うのはまだ早い。プロデューサーチェックがある」

土師さんはそう応じたけど、その表情は編集中よりも柔らかくほどけている。

「とりあえず千賀さんに連絡するね。もう起きていらっしゃるだろうし」

私は編集室を出て、早速連絡を入れる。千賀さんは数コールで出てくださった。

『あれ、浅生。今日は出勤だったっけ？』

編集作業の終わりを知らせると不思議そうに聞き返された。

「昨夜、あのまま居残りました。編集の手伝いで」

千賀さんは九時までには会社に来て、最終プレビューに立ち会うとのことだ。通話を終えた私が編集室へ戻ると、室内にいたのは土師さんだけだった。

「あれ、惠阪くんは？」

「『限界だから一時間だけ寝かせてください』って休憩室行った」

ソファーに座る土師さんは気だるそうに答える。無理もないけど、彼の瞼も重そうだった。

「千賀さんは九時までに来られるって。土師さんもちょっと寝てきたら？」

「いや、俺はいい。浅生は？」

「私はちょっと、コンビニ行ってこないと」

千賀さんが来るならサラダチキンを買って、冷蔵庫にお返ししないといけない。ちょうど飲み物も補充したかったし、ついでにメイクも直しておきたかった。チルエイトはこんなふうに忙しい時の顔も徹夜明けの顔も、なんなら仮眠明けの寝起きの顔だって見せ合わざるを得ない職場だけど、装えるタイミングがあるならきちんとしておきたい。

「何か欲しいものある？」

そう尋ねたら、土師さんは少し考えてから私を見上げた。

「緑茶。冷たいやつ」

私はメイクをきっちり直してから買い出しに出る。

朝日が眩しい午前七時の新宿は、遊びに行く人々の姿で溢れていた。コンビニのレジに並ぶ人たちもほとんどが普段着、もしくはおめかし服で、この人たちは昨夜ちゃんと家に帰ってるんだなと当たり前のことを思ってしまう。昨日から服も着替えていない私はなんとなく肩身が狭く、さっと買い物を済ませると足早に会社へ戻った。

再び編集室へ戻ると、土師さんもそこにいた。髭はきれいに剃られていたし、たぶん顔も洗ってきたのだろう。さっきよりは目が覚めた様子で私を出迎えてくれた。

冷えた緑茶のペットボトルを手渡すと、彼は少しだけ笑って受け取る。

「ありがとう。いくらだった？」

「別にいいよ、そのくらい」

私もソファーに座り、買ってきた紅茶のボトルを開ける。テーブルを挟んで向かい合わせに座る土師さんも、喉を鳴らして緑茶を半分くらい飲んだ後、大きく息をついた。

「昨夜は助かった。浅生がいなかったら、恵阪とはもっと険悪になってた」

「フォローできたならよかったよ」

そう応じると、土師さんは目を凝らすようにこちらを見る。

「最近はずっとそうだな。古峰の時も間に入ってもらった。結局、浅生には俺の後始末ばかりさせてて、悪いと思ってる」

「私は逆だと思ってるけど」

「逆?」

「土師さんにはいつも憎まれ役やってもらってばかりじゃない? 私ばかり優しい先輩ぶってて、申し訳ないなって感じてた」

以前から、私がやっているフォローは美味しいとこ取りなんじゃないかと思っていた。憎まれ役なんて本来なら土師さんだけが背負うべきものでもないのに。

「たまには代わろうか? 何かあったら私が叱るから、土師さんがフォローしてよ」

「浅生が叱っても怖くなさそうだからな」

私の提案に土師さんは首を竦め、それから皮肉っぽく笑う。

「いいよ、今まで通りで。俺ががみがみ言って叱ったら、タイミングよく浅生が登場して手を差し伸べてくれればいい。鬼の土師と仏の浅生で役割分担だ」

「自分で鬼とか言わないの」

「刑事みたいで格好いいだろ?」

開き直るように言った土師さんが笑った。皮肉めいてもいなければ苦笑いでもない、ただおかしそうに笑う顔を見たのはずいぶん久し振りのような気がする。

以前見たのはいつだっただろう——ふと浮かんだのは、土師さんがチルエイトに来てすぐの飲み会だった。まだ千賀さんがお酒を飲んでいた頃、目をきらきらさせて嬉しそうに千賀さんと話していた、あの頃以来だ。

あれから、七年も経った。

「まあ、何やってんだろうなって思うことはあるよ」

続いた言葉は疲れのせいか、力なく響いた。

「俺だって説教がしたくてチルェイトに来たわけじゃないのに、言うべきこと言って部下には嫌われて、それでまた神経擦り減らして……」

土師さんにも自信のないことがあるんだ、と思う。いつも涼しい顔をしてなんでもこなす人だったから、意外だった。

「少なくとも古峰ちゃんは叱られた時、自分に非があったこともわかってた。土師さんの言うことが正しいって、ちゃんと伝わってたよ。惠阪くんだって、普段はすごく土師さんのこと慕ってるのがよくわかる」

惠阪くんに関して言えば昨夜だってあれだけ失敗して叱られた後でも、ご飯を食べる時には土師さんの隣で楽しそうに笑っていた。この先何があっても自分でしっかり立ち直り、成長していくだろうと思っている。

「私だって同じだよ。尊敬してるし、すごく頼りにしてるから」

そう続けると、土師さんは少し困ったような顔で視線を逸らした。

「尊敬、か……」

掛けていた眼鏡を外し、それを睨むように見る。愛用の黒縁眼鏡はいつ何時もきれいに磨かれていた。千賀さんが眼鏡を買い替える時、フレームだけを彼に譲ったのだと聞いている。

「千賀さんは――」

一瞬ためらってから、私に視線を戻して語を継ぐ。

「――うちの番組のこと、どう思ってるんだろうな」

そこからは堰《せき》を切ったように言葉が溢れてきた。

「今の千賀さんは視聴率も気にしてないし、それどころか番組を無事に一クール終えることしか興味がないみたいだ。もちろん数字だけ追い駆けてればいいってわけじゃない。でも昔のあの人だったら、『もっと稼げ、もっといいもの作れ』って叱咤してくれたはずだ」

千賀さんからはかつてのような情熱が消えてしまった。ただ安定して仕事をこなせたらいいと考えているようで――はっきり言ってしまえば、向上心を失くしてしまったように見える。

「俺はあの人の下で働きたくて、チルエイトに来たんだけどな……」

千賀さんがお酒を飲めなくなってからというもの、土師さんも一切飲むのをやめた。

「浅生はどう思う?」

どう思うか、あの日から今日までずっと考えてきたはずだけど、一度としてすっきり答えが出た例《ためし》がない。

「私は……千賀さんになるべく長く現場にいて欲しいと思ってる。絢さんのことを考えたら昔の方がよかったなんて言えないし、でも今がベストかというと違うと思う。ただ、前みたいに働きすぎて倒れられるよりは、今の方がずっといい」

千賀さんが仕事中に倒れたのは、一昨年の夏のことだ。

チルエイトに救急車が来て、意識のない千賀さんが運ばれていくのを私はなすすべもなく見送った。絢さんに連絡をする時、なんて切り出せばいいのかわからなかった。救急車に同乗した土師さんが連絡をくれるまで、身を切られるような思いで待っていることしかできなかった。

「……思い出させて悪かった」

眼鏡を掛け直した土師さんが、申し訳なさそうに言う。

「大丈夫、もう昔のことだから」

目の前で人が倒れたのは二度目だった。一度目は母で、その次が千賀さんだ。だから余計に怖かった。

でも私たちは千賀さんを失わずに済んだ。入院は必要だったけど、ずいぶんと痩せてしまわれたけど、会社に戻ってくることができた。

だから、それ以上を望むのは——。

「俺も、千賀さんには長生きして欲しいと思ってるよ」

そう語る土師さんの表情は、どこか寂しそうに見える。

「けど、俺がここにいる意味はないのかもしれない。正直、どこにいたってディレクター業はやっていけるしな。今なら声掛けてくれるとこもあるし——」

最後の言葉にどきっとした。

「引き抜き、ってこと?」

私の問いに土師さんは困ったように笑う。

「まあな。今のところは全部断ってるけど。でも最近は、断る理由を探してる自覚がある」

先日、古峰ちゃんから転職の希望を聞いた時、私はやんわりと彼女を止めた。入社一年目の彼女にはどこでもやっていけるようなスキルを身に着けてから夢を叶えて欲しいと思ったからだ。

でも土師さんには既に技術と経験がある。チルエイトで学ぶべきことなんてもうないだろうし、うちで燻るよりも新天地でのますますの活躍を祈る方が正しいのではないだろうか。でも——。

「私は、土師さんにここにいて欲しい」

「なんで?」

鋭く尖った眼差しを受け止めつつ、私は答えを探した。上手く言い表せるかどうかはわからない。だけど、嘘偽りなく答えようと思った。

「土師さんが必要だから」

口をついて出たのは自分でも驚くほど真っ直ぐな言葉だ。

黒縁眼鏡の奥で土師さんが目を見開き、私は尚も畳みかける。

「私はまだ諦めてない。『マヨナカキッチン』はもっといい番組にできるし、多くの人に楽しんでもらえるポテンシャルがあると思ってる。千賀さんがどう思われてても、私は数字が欲しいし、レスポンスだって欲しい。その為にも土師さんの力が絶対に必要なの」

もしかすると、彼は別の会社へ移ればよりよい条件でさらに重宝されるのかもしれない。

それでも、私は引き留めたかった。

「私も元ディレクターだからわかるけど、土師さんの番組作りは本当に上手いし、見せ場を作る編集も丁寧で毎回すごいなって思ってる。だから土師さんを他の会社に取られたくない」

関東ローカル深夜帯なりの視聴率しか出せていない『マヨナカキッチン』は、初回から平均視聴率がほとんど落ちていない面もある。それは文山さんの料理が美味しそうに撮られているからだろうし、また見たくなるような料理番組に仕上がっているのは他でもない土師さんの技量あってこそだろう。彼が抜けたら間違いなく今のクオリティーは保てない。きっぱりと言い切った私の前で、土師さんは照れと呆れが入り混じったような顔をしている。

「ずいぶん熱烈に口説《くど》かれたな。買いかぶりすぎだ」

「そんなことない」

「……わかった。いいよ、とことん付き合うよ」

私の駄目押しに観念したか、彼は笑いながら頷いた。

「俺も、そこまで言ってくれる相手にはそうそう巡り会えないだろうしな。仕事するならそっちの方が楽しくていい」

それから仕切り直すように表情を引き締め、続ける。

「一つだけ、浅生に頼みがある。例の『よかった探し』、発想自体は悪くない。でも今後ああいうことをする時は先に俺に話しておいて欲しい」

盛り上げたい一心だったとはいえ、ディレクターを差し置いてのスタンドプレー気味だったかもしれない。私がはっとすると、彼はそれを否定するように眉根を寄せた。

「別にリーダーぶりたいわけじゃない。ただ事前に話しておいてもらえれば、俺もネタ出しの時間が取れる。時間さえもらえればアイディアはいくらでも出せるからな。せっかくの企画にディレクターがノーアイディアじゃ格好つかないだろ？」

至極もっともで、そしてとても心強い言葉だ。

「頼りにしてるよ、浅生。今のチームで俺が対等に話せるのはお前だけなんだ。その分、お前も俺をいくらでも頼ってくれていい」

その言葉で私は——今まで自分は『マヨナカキッチン』の撮影班ではないからと、どこか外様《とざま》の気分でいたことに気づく。土師さんのことも外からフォローしているつもりでいたけど、でも私も、エンディングロールに名を連ねるスタッフの一人だ。それはチームの一員であるということだ。

「ありがとう、土師さん」

「こちらこそ。浅生、一緒にいい番組を作ろう」

土師さんとならそれが叶う気がする。絶対に叶えてみせる。


午前九時に千賀さんが到着した時、仮眠明けの恵阪くんはびっくりするほど元気一杯だった。

「社長！　プロデューサーチェックお願いします！」

「はいはい。恵阪、徹夜明けなんじゃないの？　ずいぶん元気だね」

「ちょっと寝たら回復しました！　充電百パーです！」

昨夜は完徹していたし、その後取った仮眠だって実質二時間もないくらいなのに、どうしてそこまで回復できるのか謎だ。

「恵阪の若さはすごいな。あやかりたいよ」

半ば呆れたように土師さんが言うと、千賀さんが愉快そうに笑った。

「土師だってまだ若いだろ。僕なんてもう徹夜自体が無理だよ」

マスターモニターにカラーバーが映る。

クレジットとCMを載せ完パケとなった『文山遼生のマヨナカキッチン』第五回のプレビューを、私はそこから感慨深く見守った。タイトル通り真夜中にひっそりと流れる三十分の料理番組でも、ここに辿り着くまでに企画会議があり、ロケがあり、スタジオ収録があり、編集を乗り越えてようやく完成となる。文山さんはこの回で都内の養鶏場に足を運び、スタジオでは新鮮な卵で『鶏と卵のほっこり雑炊』を作った。ロケ中の笑顔も料理の出来映えも文句なしの回になったはずだ。

エンディングロールには制作に関わった全ての人の名前が載る。唯一の出演者である文山さんを筆頭に、ナレーター、ご協力いただいたロケ地のお店、来島さんたち技術スタッフ、APの私、ADの古峰ちゃんや恵阪くん、ディレクターの土師さん、プロデューサーの千賀さん、そしてチルエイトの名前の後にテレビ局名が流れる。映画やドラマと比べるとバラエティー番組のエンディングロールはあっという間に行き過ぎてしまうので、最初に私がADとして携わった番組では、実家の父が私の名前を探して何度も再生し直してくれたそうだ。

もう見慣れてしまったと思っていた『ＡＰ　浅生霧歌』の文字を見て、ふとそんなことを思い出す。あいにく『マヨナカキッチン』は関東ローカルだから、地元では放送されていない。次に帰省する時には録画をお土産に持って帰ろうかな。父にも、久し振りに見てもらいたくなった。

完パケにプロデューサーがＯＫを出したら、あとは納品だけだ。

「では納品行ってから直帰します！　お疲れ様でしたー！」

恵阪くんが威勢よく飛び出していったので、私はちょっとはらはらしながら見送った。

「全然寝てないのに、ちゃんとテレビ局まで行けるかな……」

「電車で行くって言ってたから大丈夫だよ。まだまだ元気そうだし」

千賀さんは信じ切った様子で泰然と構えている。恵阪くんの充電池はずいぶんと性能がいいようだ。

私はぼちぼち電池が切れそうで、眠くもなっていたしお腹も空いてきた。撤収作業を終えたら、どこかでご飯を食べてから帰ろう。さすがに今は自炊する気力がない。

「浅生もお疲れ様。帰ったらゆっくり休んで」

千賀さんの労いの言葉に頭を下げた後、そういえばと思い出したことを告げる。

「事後報告になるんですが、冷蔵庫に入ってた千賀さんのサラダチキン、昨夜の夜食に食べちゃったんです。新しいものを買って入れておきましたけど、断りもなくすみません」

そう打ち明けた瞬間、やはり撤収作業をしていた土師さんが勢いよく面を上げてこちらを見た。何か悟ったようなその顔には気づかず、千賀さんはにっこり笑う。

「ああ、そんなの気にしなくていいのに。わざわざ買い直してくれてありがとう」

千賀さんが先に帰られた後、土師さんはいくらか気まずそうにしながら聞いてきた。

「昨夜食べた雑炊のサラダチキンって、千賀さんのだったのか？」

「そうだよ。どうしてもお肉が欲しかったから、仕方ないかなって」

「マジか……食べちゃったよ」

目を丸くした土師さんが、おかしそうに噴き出す。その笑顔は晴れ晴れと穏やかだった。


フロアの施錠を確認し、警備システムを作動させ、ようやく退勤できたのは午前十時を過ぎた頃だ。

一緒に帰途に就いた土師さんが、駅までの道すがら尋ねてきた。

「浅生に聞いてみたかったことがある。『マヨナカキッチン』が始まる前の企画会議を覚えてるよな？　あの時、文山さんを推したのは浅生だった」

よく覚えている。ご当地ロケと料理作りがテーマの企画が挙がって、出演タレントは誰にしようかとみんなで意見を出しあった。料理自慢の大物タレントや人気俳優の名前が次々と出されたものの、三十分枠の深夜番組では役不足なのか、オファーを断られてばかりで難航していた。

議論が行き詰まりかけた時、私が名前を挙げたのが文山さんだ。早速オファーしたところ意外にも快諾していただき、そこからはとんとん拍子で話が進んだ。

「なんで文山さんを選んだ？」

土師さんは興味深そうに私を見ている。

「料理ができるタレントという点では確かに条件に合う。でも文山さんは例の件で炎上した過去がある上、ろくに仕事もなくて干されていたような人だ。浅生がわざわざあの人を引っ張り出してきた理由、ずっと気になってた。教えてもらえるか？」

「もう十五年くらい前かな、やっぱりテレビで料理のコーナーをやっていらっしゃったのを見たことがあって。当時から包丁捌きもきれいだし、手際もいいし、レシピもわかりやすいって評判よかったんだ。それを覚えていたから、会議で名前を出したんだ」

別に嘘でもないその回答に、土師さんはなぜか引っかかりを覚えたようだ。

「十五年前？　文山さんがまだ無名だった時代じゃないか。そんなに前から知ってたのか？」

「ま、まあね。よく見てたし」

「ふうん。『よく見てた』ね……」

あの黒縁眼鏡越しに探るような視線を向けられて、私はいよいよ焦った。特にまずいようなことを口走るつもりはなかったのに、疲れで気がゆるんだのだろうか。

私が歩きながら押し黙ると、土師さんは不意を突くように言った。

「顔が赤いな、浅生」

一瞬、息が詰まる。

「な――そんなことないって」

答えつつ頬に手を当ててみた。言われた通りほんのり熱い。でもそれは秋の陽射しのせいに違いなく、ましてや別の理由なんてあってはならなかった。

にもかかわらず、土師さんは静かに微笑んだ。

気恥ずかしさが襲ってきて私は慌てた。確かに文山さんは顔がいいと思う。私如きが好みだと申し上げるのも憚《はばか》られるくらいに男前だ。でもそんな理由だけであの人を推したわけではない。

「好み、とかじゃなくて……その、昔ファンだっただけなんだけど……」

完落ちとはこのことだ。私はおずおずと自供する。

「職権の濫用《らんよう》かなって考えもちょっとあったけど、料理上手なタレントさんで真っ先に浮かんだのがあの人だったから。でも、やっぱりまずかったかな……」

「別にまずくはないだろ。俺だって好きなタレントと嫌いなタレントがいたら、好きな方優先してオファー出すよ」

　土師さんが安心させるように言ってくれたので、私もいくらかほっとする。

　それに何より、私は文山さんを救いたくてうちの番組に推したのだ。

「あの人を推した一番の理由はね、例の件が連日報じられてた時に『この人はここで終わっていい人じゃないのにな』って思ったから」

　芸能界というほんの一握りの才能を持った人間しか留まることを許されない場所から、あまりにも早く去っていく人がいる。去ることがわかるならまだいい。いつの間にかいなくなってしまう人だっている。

　私はたまたま文山さんが追放されかける瞬間を目の当たりにして、たまたま料理番組を担当することになったから文山さんの名前を挙げたまでだ。

「終わっていい人じゃない、か」

　真面目な顔になった土師さんが、私の言葉を繰り返す。

「確かにそうだな。青海苑緒が引退してなければ、文山さんの傷も浅かっただろうに」

　あんなことがなければ——青海苑緒も引退するには早すぎただろうし、彼女がまだ芸能界にいれば、文山さんへの反感ももう少し和らいでいたのかもしれなかった。

「何を言っても、全部過去の話だからな」

　土師さんは私の顔を覗き込むようにする。

「俺たちはいい番組を作ろう。それは文山さんの為でも、俺たちの為でもある」

私たちは『マヨナカキッチン』が、文山さんにとって誇れる経歴の一つになるように、できることを精一杯やるだけだ。

いい番組を作ろう。私も、心からそう決意する。

第四話

待ち合わせてサバのアクアパッツァ

二連休は瞬きほどの速さで過ぎ去り、月曜の朝が来た。

連休といっても土曜日は半休みたいなものだったけど——結局あの後、家に帰ったらそのまま寝てしまい、気がついたら夜で、疲れが抜けないままだらだら過ごした。日曜日は町田駅前まで服を買いに行き、とりあえずお目当てのものは揃えたけど、次の日が仕事だから一人ランチしただけで帰った。二十代の頃なら日曜日でもそのままヒトカラとか、妹と遊びに出かけたりできたのに、最近では月曜のことを考えて冒険できなくなっている。

三十五歳が若いのかそうでないのか、自分でもいまいちわからない。若者と呼べる歳ではないし、かといってもう少し上の世代からはまだまだ若輩者扱いされる歳でもある。徹夜ができないわけではないけど次の日ちょっと引きずったりもして、でも月曜にはいつも通り出勤できるだけの元気はあった。

千賀さんがチルエイトを設立したのは三十過ぎのことだそうだ。今の私が会社を興すなんて到底無理な話だ。やっぱりあの人はすごい。二十代の、社会人になりたての頃は横並びでも、その後の生き方でわかりやすく結果が見えてしまうのが三十代なのかもしれない。

そんなことを考えながら出社したら、同じ三十五歳の土師さんが私を見るなりすっ飛んできた。

「おはよう浅生。来てすぐで悪いけどこれ見てもらえるか。次の収録のスケジュール試案なんだけどな」

挨拶もそこそこに私のデスクに置かれたのは、『マヨナカキッチン』スタジオ収録の段取りが書かれたスケジュール表だ。文山さんが調理をする流れをどう撮るか、土師さんは毎回きちんと順序立てて計画している。もちろん収録は水物、その通りにならないことも多々あるものの、文山さんはあまりアドリブを入れないのでそこまで予定が変更になることはなかった。

第七回『塩鯖のアクアパッツァ』におけるスケジュールは冒頭の挨拶から調理開始、鯖を焼き、野菜を加えて白ワインで煮込み、仕上げるまでの流れがレシピを元に組み立てられている。インサート撮影が必要な箇所は別途注釈がされていて、とても見やすい構成だ。

ただ、スケジュールの最後に初めて見る文章がある。

『実食パート　出来上がった料理を文山さんが食べる。メインカメラ寄りで撮影』

「……実食って？」

そのくだりを指差して尋ねた。

「書いてある通りだ。今までは完成した料理を映して終わりだった番組終盤に、文山さんが料理を食べるパートを新たに加える。大体三十秒くらい、文山さんにはカメラを意識して食べていただく」

第七回目の収録で土師さんが新たにそういうくだりを入れようと考えたのはなぜだろう。私の脳裏の疑問に答えるがごとく、彼は意気揚々《いきようよう》と続けた。

「古峰がまとめてくれた番組への感想を、この週末に改めて精査してみた。視聴者の中には放送中に夜食を食べている人、あるいは食事中に合わせて録画を流している人がそこそこいることがわかった。もっとダイレクトに『文山さんと一緒にご飯食べたい』って感想もあった。そのご要望にお応えして、わざとらしくない程度に実食シーンがあってもいいんじゃないかと考えた」

確かに、古峰ちゃんが集めてくれた感想によれば放送に合わせて軽食を用意した人、ちょうど仕事から帰ってきた後に夜食を取りながら見ている人もいたと記憶している。そういう視聴者にとって、三十秒ほどでも文山さんが食事を取るシーンがあれば、食事時間を共有できると喜ばれるのではないだろうか。

「すごくいいアイディアだね。需要あるかもしれない」

私が賛同したからか、土師さんは嬉しそうに口元をゆるませた。

「そう言ってくれると思ってた。早速次のミーティングで提案してみるよ。もちろん収録前には文山さんのご意見も聞いた上で、だけどな」

文山さんは現場での撮影スタッフの指示には驚くほど素直に従う人だ。ディレクターの演出に異を唱えたこともない。以前までの頑なさも近頃ではちょっと薄らいでいるようだし、きっと賛成してもらえると思う。

「浅生に話してよかったよ。これ、土曜日曜でずっと考えてた」

安堵の色を滲ませた土師さんの言葉に、私はにわかに心配になった。

「お休みなのに仕事のこと考えてたの？　ちゃんと休めた？」

「ご心配どうも」

土師さんはやけに楽しそうに笑ったので、要らない心配だったようだ。


そんな土師さんの変化は、数日もしないうちに社内にも知られることになった。

スタジオ収録がある日の朝、文山さんが来られる前に控室に衣裳などを運び込んでいる最中、古峰ちゃんはさも恐ろしいことみたいに切り出した。

「土師さん、最近めちゃくちゃ機嫌よくないですか？　今朝のミーティングでも珍しく笑顔でしたし」

「確かに、すごく楽しそうにしてるよね」

私はクリーニングに出していたコックコートのタグを外しながら応じる。

すると、屈み込んで革靴を磨いていた古峰ちゃんが柔らかそうな頬をふくらませた。

「それが怖いんですよ！　そのうち揺り戻しがありそうじゃないですか」

むしろ今の土師さんが本来の彼なんだろう。『マヨナカキッチン』にもようやくやりがいを見出したのかもしれない。

もっともそれが古峰ちゃんには唐突な変化に思えたようだ。

「そりゃあ……私も今の土師さんの方がいいですよ。上司が機嫌いいってだけでも仕事しやすいですすし、正直あの人に『意外と話せるかも』なんて感想持つ日が来るとは思いませんでしたし」

どこか飲み込み切れていない様子で語った後、小柄な身体を震わせた。

「けど、ここ数日特に怒られてないんで、そのうちまとめて怒られるんじゃないかって気がするんです」

すると、傍らで小道具をチェックしていた惠阪くんが朗らかに笑う。

「古峰が最近特にやらかしてないからだろ。何もしなかったら土師さんも怒んないよ」

「そうですけど！　やらかしたら今の平穏がぶち壊されそうで嫌なんですよ」

「俺はああいう土師さんの方が好きだけどな。そりゃ収録中、眉間に皺寄せてびしっと指示出してるところも格好いいとは思ってたよ。でも今の、毎日笑いながら働いて、いろいろアイディア出しも楽しんでる姿見たらさ、それはそれで格好いいよなって思えてくるんだよな。俺もこうなりたいなって」

惠阪くんが語る言葉の端々には憧憬が滲み出ている。

「ま、俺はこの間やらかしてるからさ。土師さんの笑顔曇らせないよう、気をつけようと思うよ」

自らの失敗すらおおらかに語る惠阪くんに、古峰ちゃんは溜息をついていた。

「惠阪さんは切り替え早すぎです。この間のは私もだいぶ心配したんですけど」

「ごめんごめん。さすがに同じ失敗を二度はしないって」

もちろん二度目があっては困る。私が苦笑する横で、惠阪くんはぎっしり小道具が詰まった箱を軽々と持ち上げた。

「じゃ、これスタジオ持っていきますね」

長身の彼は力持ちで、運搬の際に音を上げたことがほとんどない。

彼の姿が見えなくなると、古峰ちゃんがまた溜息をついた。

「惠阪さんがDになったら、別の意味で大変な現場になりそう……」

すると、入れ替わるようなタイミングで、開けっ放しの扉から絢さんの顔が覗く。私を見つけるなり、その顔がぱっと明るくなった。

「浅生、いた！　ちょっと頼みたいことあるの。手が空いたら休憩室に来てくれない？」

私と、それと古峰ちゃんが絢さんの後に続く。

休憩室の隅のテーブルに置かれた大きな紙袋を手に取った絢さんが、袋を開いて中身を見せてきた。

「これ、昨日のロケのお土産。リンゴのタルトなんだけど、私、この後会議に出なきゃいけなくて。代わりに配っておいてくれないかな？　たくさんあるから、余ったら食べたい人に分けてあげて」

「美味しそう！　ありがとうございます、絢さん！」

こういう差し入れはありがたいし励みになる。リンゴのタルトがあると思えば今日の仕事も頑張れそうだった。

休憩室を出ていこうとした絢さんが、そうだと思い出したように振り返る。

「浅生、マッチングアプリの件だけど。あれから試したりした？」

言われて初めて思い出した。

「自分でも調べてみようとは思ってたんですけど、思っただけで終わってましたね」

そう打ち明けたら、絢さんはくすくす笑いながら応じる。

「浅生も忙しいもんね。あの後、私もデータ調べ直しておいたんだけど、最近のマッチングアプリって身元証明しないと利用できないものが主流なんだって。だから安心して利用してる人が多いみたい」

身元を隠すような怪しい人物と巡り会う可能性は低いということだろうか。

「うちで取材した大手のアプリは、登録者数が八桁いってるって」

古峰ちゃんも口を開く。

「私もやってますけど、実際に利用者は多いですよ。出会い目的じゃなくて婚活したいって人も普通にいますしね。まあ変な人もいなくはないですけど、そういう人は出会う前にわかるから自衛もできますし、気軽に始めてもいいと思いますよ」

「そ、そうなんだ」

私はマッチングアプリというより、ネットを介した出会いそのものに怖さもあった。一度も会ったことのない、素性を知らない人が相手だし――しかし突き詰めれば、恋愛とは大抵の場合素性を知らない人との交流から始まる。相手のことを少しずつ知っていき、自分のことも知ってもらって関係を深めていくプロセス自体は、何がきっかけであろうと変わらないはずだ。

飲み会での出会いや仕事の関わりなどのきっかけが、そのままネットに置き換わっただけ、と考えればいいのかもしれない。

「試してみようかな。もうなりふり構ってられる状況でもないですもん」

意を決した私に、絢さんは取材したマッチングアプリを教えてくれた。もっとも、勧めておいてなんだけど、と心配もしてくださった。

「これだけは言っておくけど、自分を安売りしないようにね。どんな手段で出会うにしても、妥協していいことなんて絶対ないから」

言い聞かせるような口調で絢さんは続ける。

「変な言い方だけど、浅生もずっと子育てしてきたみたいなものでしょ？　妹さんが幸せになるんだから、浅生だって幸せにならなきゃ駄目だよ。結婚するにしても、しないにしてもね」

私はその言葉に頷こうかどうか迷った。妹のことは、育てた、なんていうのはおこがましい。あの子の幸せを願ってきたのは事実だけど、あの子の為に何かを犠牲にしたなんてことはない。千賀さんや絢さんがかなたちゃんを育てているのとは違う。

一方で、絢さんがそう言ってくれた気持ちも十分わかっていた。

こうなったら早いところ幸せになって、絢さんのことも安心させなくてはいけない。

もちろん、幸せというなら現状だって十分幸せだ。仕事は充実していて楽しいし、最近になって少しずつだけど成果もついてきた。休日は一人で過ごしたって楽しいし、自分で作るご飯は美味しい。ただもし、誰かと一緒にいて更に幸せになれるなら、一度くらいはその可能性を確かめてみたい。

「これで結婚、できるかな」

多少の希望も込めて呟くと、古峰ちゃんがぐっと拳を握り締めてみせる。

「頑張りましょう！　これで浅生さんと私は婚活仲間ですよ」

「婚活仲間……なんか心強いな」

「なんせ私、経験者ですから。なんでも聞いてくださいい！」

今度こそ——今日こそは帰ったら、マッチングアプリを試してみよう。
その為にも仕事はきれいに片づけなくては。

リンゴのタルトで元気一杯になった私たちはその日、第七回のスタジオ収録に臨んだ。

収録前には私、土師さん、恵阪くんの三人で文山さんの控室を訪ね、ミーティングを行った。その場で土師さん考案の実食パート導入についての説明もさせてもらう。

「——という視聴者様からの要望を受けて、文山さんが食事をするシーンも撮らせていただきたいんです」

土師さんが経緯を丁寧に語るのを、文山さんは生真面目に頷きながら聞いていた。説明が終わると、心得た様子で頷く。

「わかりました。確かにご要望があるなら必要な演出ですね」

「ありがとうございます。実際の尺は三十秒ほどですが、念の為何パターンか収録できたら助かります」

「もちろん、構いません」

文山さんはすんなりと快諾してくれた。私たちスタッフの安堵が伝わったか、少しだけ表情を和らげる。

「そうだ、文山さんって甘いお菓子はお好きですか？」

不意に惠阪くんが尋ねたので、私と土師さん、そして当の文山さんが一斉に彼を見る。

「え……ああ、たまに食べますよ」

脈絡のない問いにいくらか戸惑った様子の文山さんが、それでも品よく応じた。

するとと惠阪くんは人懐っこく笑う。

「実はリンゴタルトがあるんです。長野のお土産なんですけど、これがもうすっごく美味しくて！　俺、三つも食べちゃったんですよね。文山さんもよかったら収録後、召し上がりません？」

出演されたタレントさんに食事や軽食をお出しすることはそう珍しくもない。長丁場の収録ではケータリングを頼んだりもするし、収録終わりがお昼や夕飯時に差しかかっていれば、お弁当を注文して一緒に食べることもある。そうやって食事をご一緒することでスタッフと出演者の距離が縮まることもある——けど、文山さんはこれまでチルエイトで食事を取っていくことがなかった。お昼過ぎだろうが夜更けになろうがお弁当は要らないと仰って、収録後は風のような速さでお帰りになる。ご自身で作った料理も味見こそすることはあっても、撮影班と一緒に食卓を囲む、なんてことは全くないそうだ。

そんな人を、惠阪くんは彼らしい愛想のよさで誘ってみせた。

文山さんは惠阪くんを黙って見つめ返している。軽食であっても、やはりそういう場に誘われるのはお気に召さないのかもしれない。

そう思って助け舟を出そうとした私より早く、

「プロデューサーの奥さんが差し入れてくれたお菓子なんです」

土師さんが、恵阪くんに倣うように語を継いだ。

「俺もさっき一つだけいただいたんですけど、美味しかったですよ」

こうなっては私も黙ってはいられない。料理が好きな文山さんならお菓子の話にも乗ってくれるかもしれないと、すかさず口を開く。

「収録後に甘いもの食べると疲れも取れますよ。お茶もお入れしますし、いかがですか？」

「え、そ、そうですね……」

三人から次々に畳みかけられ、文山さんは目を泳がせた。

この人がこんなにうろたえる顔を、私はテレビの画面越しにすら見たことがない。しばらくしてから申し訳なさそうに言った。

「すみません」

はっきりと、だけど苦渋の決断の口調で続ける。

「せっかくのお誘い、嬉しいのですが……最近は甘いものを控えているので……」

「あっ、そうだったんですか。知らずにすみません」

「いえ！　お気持ちは嬉しいです」

とっさに詫びた土師さんを、文山さんは両手を軽く上げて制した。ほんの少し浮かべた気遣わしげな笑みさえ画になる文山さんは、こちらに向かって静かに頭を下げる。

「お誘いいただき、ありがとうございました。お応えできずすみません」

私たちはそれ以上食い下がらずに控室を辞す。

廊下に出てしばらくしてから、惠阪くんはやや興奮気味に言った。

「もうちょいで落とせそうな手応えでしたね！」

「じゃあ文山さんの好きそうなお菓子でもリサーチしておくか」

やる気を見せる様子の二人に、私は新たな変化の兆しを感じ取っていた。


その日のスタジオ収録も、問題なく終了することができた。

今回撮り下ろした実食パートについても、文山さんは難なくこなしてくれた。

『今日は特に美味しくできたので、ここでいただいちゃいますね』

寄りのカメラに向かって微笑みながら、アクアパッツァをフォークで口へ運ぶ。その仕《し》種《ぐさ》は洗練されていて優雅だ。ぱくっと一口食べた後の満足そうな表情も、その後で浮かべたはにかむような笑顔も、何もかもが画になる。これを視聴者様にお届けする日が今から待ち遠しくて仕方がない。

撮影を終え、帰り際の文山さんに私はうきうきと話しかけた。

「今日の撮影、すごく順調でしたね。土師も『思い描いていた通りの収録ができた』って、とても満足そうにしてましたよ」

文山さんはぎこちなく笑い返してくる。少し迷った後でこう切り出してきた。

「土師さんといえば……収録前は、せっかくのお誘いを断ってしまってすみません」

「えっ？　ああ、お気になさらないでください」

私は軽く手を振って応じたけど、文山さんは思いのほか気に病んでいるようだ。

「嬉しくなかったわけではないんです。ただ、急なお誘いが恥ずかしくて」

「恥ずかしい、ですか？」

予想外の言葉に思わず聞き返す。

愁いを帯びた横顔が、こちらを見ずに頷いた。

「いい大人が言うのもおかしな話なんですが、ああいうふうにいきなり誘われると照れてしまうんです。本当は気軽に『いいですね』と交ざっていけたらいいんでしょうが、俺はそれができない質で……子供みたいでしょう？」

そうして口元に、カメラ越しには見せないような繊細な微笑を浮かべてみせる。

「皆さんが気にされていたとしたら、すみません。お誘い自体は嬉しかったんです」

もう少し知っておくべきだったのかもしれない。文山さんがどんな人なのか――ファンとしてではなく、共に仕事をする相手として。

文山さんは、思い出したように続けた。

「そういえば、先日番組ホームページに載った雑炊はとても美味しそうでしたね。あれも浅生さんが？」

「はい。レシピ通りに作ってなくてお恥ずかしいんですけど……」

「すごくいい出来だったと思います。レトルトご飯とサラダチキンという発想も面白いです。サラダチキンに火を通したらどうなるのか、俺も試してみたくなりました」

今回は写真に加え、代用品で作った旨もキャプションで添えておいた。視聴者の方に、もっと気軽に文山さんの料理を作ってみて欲しかったからだ。

「それと、今回は写真もよかったですね。今までで一番よく撮れていた気がします」

文山さんがわざわざ言及するくらい、今回の『鶏と卵のほっこり雑炊』は素晴らしい写りだったようだ。土師さんは道具がいいからだと謙遜していたけど、絶対にそうではないはずなのでちょっと悔しい。でも文山さんに褒めていただくと、そうでしょうと誇らしい気持ちにもなるから不思議だった。

退勤後、私は今度こそ忘れずにマッチングアプリを試すことにした。

選んだのは登録者数が八桁にのぼると絢さんが言っていた、大手のアプリだ。

私と同じように、ネットでなければ出会うこともできない人はそれほど多いのだろうか。

一千万人もいれば一人くらいは私を気に入ってくれる人がいるかもしれない——正直、ちょっとだけ期待もしてしまう。

アプリだから気軽なものかと思いきや、意外としっかり本人確認を求められた。本名も登録せざるを得なかったけど、これは非公開なのでほっとする。登録用のニックネームは悩みつつ、本名にちなんだ『フォギー』にした。霧歌、だからフォギー。入力する時、ちょっと恥ずかしかった。

公開用のプロフィールを一晩掛かって考え抜き、写真も自撮りを載せる。はっきり顔がわかる写真を載せることには抵抗があったけど、マッチングアプリでは写真がない人は撥ねられてしまうのだそうだ。知り合いに見られたら恥ずかしいと思いつつ、しかしこんなところで出会う知り合いは同じ穴の狢《むじな》だろうと開き直っておく。こっちはなりふり構っていられる立場ではないのだ。

そしてマッチングを待ちながら、一週間が過ぎた——。

「……全然、来ないな」

朝起きてすぐとお昼の休憩時間、仕事が終わり帰宅した後とマメに確認しているにもかかわらず、マッチングアプリからの通知は皆無だった。

基本的には、公開されているプロフィールに『いいね』をしてくれた人にメッセージを送れるシステムらしい。その『いいね』がフォギーこと私には一切つかなかった。

理由は恐らく、プロフィールに仕事について書いたこと——仕事を辞める気はなく、また激務のテレビ番組制作会社勤務の為理解ある人がいい旨はどうしても譲れないのではっきり記した。もちろん年齢も包み隠さず載せた。その上、特技の欄にはこう書いている。

『自炊が得意ですが、時間がないので時短料理がメインです。包丁を使わない、キッチンバサミ料理が自慢です。とっても美味しいですよ！』

　みんな料理ができると聞けば、文山さんのように包丁もオーブンも巧みに使いこなす人を思い浮かべるだろう。マッチングアプリともなればその料理は自分の口に入るかもしれないから、食べたくなるような自己PR文にするのが正解だ。

　しかし、私が包丁を使わないことや時短料理が得意であることは、結婚してしまえばバレてしまう話だろう。ここで見栄を張っても仕方がない。これで『いいね』がつかないなら、そもそもキッチンバサミ使いの女には需要がないということだ——そう思って挑んだら、どうやら本気で需要がなかったようだ。

　もちろん私にはただ待つだけではなく、男性側のプロフィールを覗きに行って『いいね』を押す権利もあるにはある。だがこうして致命的モテなさを発揮している現状の私が『いいね』をぶつけたところで、無視されるのが関の山だろう。つくづく、へこむ。

「一千万人いても駄目なのかなあ……」

　東京の人口と同じだけ利用者がいても成果なし、という事実に打ちひしがれていても、仕事は加減をしてはくれない。溜息をつきつつ机に向かっていると、たまたま通りかかった土師さんが聞きとがめたようだ。

「元気ないな、浅生。何かあったのか？」

「ちょっと、自分の市場価値について考えてたとこ」

三十五歳、テレビ番組制作会社勤務。愛嬌はある方だと自負しているけど美人でもなく、特別スタイルがいいわけでもない。特技の料理もどうやら男性受けするものではないらしいし、誇れることといえば妹が可愛いことくらいだ。そんな私のマッチングアプリにおける市場価値がどんなものか、いやというほど思い知らされた。せめてもう少し若ければ違ったのかもしれないけど、若かった頃は恋愛している暇なんてなかったのだから仕方ない。

「えっ」

なぜか土師さんはぎょっとして、オフィス内を見回した後、身を屈めて私だけに聞こえるように囁く。

「まさか、お前にも引き抜きの話が来たのか？」

どうやら『市場価値』の意味を誤解されてしまったようだ。私は苦笑してかぶりを振った。

「違う違う。そういうんじゃないよ」

「びっくりした……違うならよかった」

たちまち土師さんが安堵の表情を見せる。驚かせて悪いと思いつつ、お蔭で痛めつけられた自尊心はいくらか回復しそうだった。

恋愛市場では目下買い手のない私だけど、幸いにして今の職場では必要とされている。夢中になれる仕事があってよかった。そうでなければ立ち直れなかったかもしれない。

「古峰も心配してたぞ。浅生が最近、元気ないようだって。俺にもそう見えた。なんでもないのか？」

「え……そっか、全然大丈夫なんだけど」

嘘をつきつつ、内心ひやりとしていた。

マッチングアプリに一喜一憂――むしろゼロ喜全憂していることは同僚たちに筒抜けだったようだ。古峰ちゃんにまで心配を掛けていたとは申し訳ない。あとでしっかりお礼を言っておこう。

「無理はするなよ。浅生が欠けたらうちのチームは回らなくなる」

立ち去る土師さんの背を見送りつつ、今度は別の視線を感じた。

何気なく振り向けば、こちらを窺い見ている恵阪くんと目が合う。

「あ……」

一瞬、彼が気まずげな表情を浮かべたように見えた。

だけどすぐに笑顔に変わり、気遣わしげに声を掛けられる。

「俺も思ってたんですよ、浅生さん元気ないのかなって……大丈夫ですか？」

「うん、大丈夫。心配してくれてありがとう」

そう応じれば惠阪くんも安心した様子で、すぐに駆け出していった。


なんの収穫もない一週間が過ぎ、ぼちぼちマッチングアプリをスマホから消そうかと思っていた矢先のことだ。

予兆もなく唐突に『いいね』が一つついた。早朝、スマホのアラームを止めて時刻を確かめた時に気づいた。それまで頭を支配していた眠気は一気に吹き飛んで、アプリを起動し確かめる。

私に初めての『いいね』をくれた人は、スパークルさんという登録名だった。

驚くべきことにその人は私と同業者のようだ。職業は『広告・マスコミ関係』に設定されており、PR文には『テレビ番組の制作会社に勤務しております』と記されていた。プロフィール写真は顔や髪型が見えないように撮られた黒スーツ姿で、すらりと細身なことだけは確認できた。年齢はだいぶ若くて二十七歳——華絵と同い年だ。趣味は映画鑑賞、特にコメディ映画が好きらしい。

そこまで確かめて、私はいくらか警戒した。

まず年齢が若すぎる。二十代後半の人が、十近く年上の異性と出会いを求めようとするものだろうか。顔写真を載せていないところも引っかかる。詐欺《さぎ》かもしれないと警戒しつつ、それでも唯一貰えた『いいね』だと思うと切り捨てるのにも抵抗があった。

話くらいは聞いてみてもいいかもしれない。そう思ってこちらも『いいね』を返す。これでメッセージのやり取りができるようになる、という仕組みだそうだ。

スパークルさんからメッセージが送られてきたのは、その日の終業後のことだった。


――フォギーさん、初めまして。

同じ職種の人を見つけられたのが嬉しいです。私もテレビ番組の制作会社に勤めておりまして、同業者と出会えたらなと思っていたんです。

お仕事のことはもちろん、あなたといろんなお話ができたらと思います。よかったらお返事をいただけると幸いです。


ずいぶんと落ち着いた文章だと感じた。

一人称が『私』なところも好感が持てる。割とフランクな口調の人が多いこの業界で、二十七歳という若さでこんな対応ができるのは珍しいような気がした。プロフィール写真がスーツ姿という点を鑑みるに、もしかすると営業職なのかもしれない。

そうは言っても相手は八歳下、さすがに離れすぎではないだろうか。実際、妹と同い年の男性に恋愛感情を持てるかと聞かれたら無理だ。これまでもそこまで年下とは付き合ったことがなかったから、やり取りをするだけならまだしも会うのは抵抗がある。

でもスパークルさんは私と会いたいと思ってくれているようだ。割と早い段階から、そういう気配を匂わされた。


――顔を隠した写真ですみません。自分の顔に自信がなくて……。

ですがフォギーさんとお会いする時には、ちゃんと素顔で伺おうと思います。

私は恋人もそうですが、友達もたくさん作りたいと考えてこのアプリに登録しました。交友関係を広げて、仕事でも活かせたらいいなと。

フォギーさんはどうしてこのアプリを始められたんですか？


迷ったけど、正直に答えた。

私は結婚相手を探していて、なるべく早く巡り会えたらと思っている。大勢の人と出会うよりは、自分を気に入ってくれる人とじっくり交流を深めていきたい。だからあなたとは考え方が合わないかもしれない――。

返信では、年齢についても触れておいた。やはりスパークルさんは若すぎる。もしかすると同業者という理由だけで私にコンタクトを取ったのかもしれないけど、例えばコネを作りたいと思っているのならあまりご期待には沿えない。私に時間を割くより、もっとお若い同業者を探しに行った方がいいのではないか、とも告げた。

しかしスパークルさんは食い下がってくる。


――フォギーさんから見たら私は頼りない年下かもしれませんが、私はフォギーさんのような意見をはっきり言う人が好きです。歳の差もちっとも気になりません。

写真も拝見しましたが、すごくおきれいな方だと思っています。

よかったら一度お会いしてお話しできませんか？　文字のやり取りだけではお伝えできないことも、会ってお話しすればより伝えられると思うんです。

それと、フォギーさんが仰った『時短料理』にも興味があります。ぜひ詳しく教えていただきたいです。


『すごくおきれい』などと言われると、不覚にもどきっとしてしまう自分がいる。

そんなのはお世辞だ。二十代の男の子が三十女にそういった言葉を囁くなら絶対裏がある。そう身構えたくなる一方で、長らく忘れていたときめきのようなものを思い出して自己嫌悪に駆られてしまう。華絵と同い年の男の子相手に、私は何をやっているのだろう。

それならブロックしてしまえばよかったのだろうけど、スパークルさんとメッセージの交換をする数日間で他に『いいね』をつけてくれた人はやはりいなかった。元々アンインストールしようとすら考えていたアプリだったのに、気づけばすっかり引き際を見失っている。

ならばいっそ、最後に一度会ってみようか。

相手が業者だろうとネットワークビジネスの勧誘だろうと、今後の話の種にはなる。スパークルさんがそこまで言うなら、会って話してもいい。ただし日中、人の多い場所で。

幸いなのかなんなのか、スパークルさんの職場も土日休みらしかった。私が町田市に住んでいることを伝えると、わざわざこちらまで来てくれると言う。彼は赤羽《あかばね》に住んでいるとのことだった。

――会うと決めてくださり、本当にありがとうございます。

フォギーさんにお会いできるのがとても楽しみです。当日はたくさんお話ができたら嬉しいです。

本名もその時にお教えします。

スパークルさんと約束を交わした後も、私はしばらく悩んでいた。

迂闊《うかつ》な約束をしてしまった気もする。久し振りに異性から嬉しい言葉を告げられて舞い上がってしまったのかもしれない。もちろん下心なんてない。ないけど――約束の日が近づくにつれ、不安と動悸の速さが募ってくるのがわかる。いや、本当にないんだろうか。ちょっと期待してたりしないだろうか。

スパークルさんはマメに連絡をくれる人で、それ以降も毎日のようにメッセージを送ってきた。『今日はお仕事大変でしたか?』や『明日もお互い頑張りましょうね』といった他愛のない挨拶だったけど、それを読む度に心がかき乱される。私はいつもこういう連絡を疎《おろそ》かにしては歴代彼氏と別れてきたからだ。

恋には発展しない。そんな相手ではない。

でも、こんなふうに考えることすら久々で、どうしようもなくどきどきする。

なるべく冷静でいたいと思ったのもあり、私はマッチングアプリにおける先輩にアドバイスを求めることにした。

「古峰ちゃん、ちょっと相談があるんだ」

スタジオ収録の日の朝、準備は順調だった。文山さんは既に控室に入られているし、スタジオリハも済んでいてあとは本番を待つだけだ。そのタイミングで、私はちょうど手が空いた古峰ちゃんに持ちかけた。

「なんでしょうか?」

相談という前置きのせいか、古峰ちゃんは少しびくっとしたようだ。

「仕事のことじゃないの。三分くらいで済む話だから、いいかな?」

私は彼女を、スタジオがある六階から、階段の踊り場まで連れていった。他の人に聞かれたくなかったのもあるし、あまり深刻ではないと伝える意味でもある。幸いここは朝のうちだと人通りも少なく、静かだった。

「実は、アプリでマッチングした人と会うことになったんだけど」

そう切り出すと、古峰ちゃんはよほどびっくりしたのだろう。つぶらな瞳を一層丸くして聞き返してきた。

「もうですか? 積極的ですね、浅生さん」

「でもこういうの初めてだから、約束した後で怖気《おじけ》づいてるというか……何か注意しておくこととかあったら教えてほしくて」

さすがに相手が八歳年下という事実は言えなかったものの、私が教えを乞《こ》うと、古峰ちゃんは眉根を寄せて真剣に考え込んでくれる。

「注意しておくこと——そうですね、待ち合わせには相手より遅れて行った方がいいです」

「それは、どうして?」

「会う前に相手を遠くから観察するんですよ。明らかにヤバい人は遠目からでもわかります。不快なレベルで清潔感なかったり、どう見ても詐欺っぽい見た目だったら、会う前にブロックです。会っちゃうとなんだかんだで押し切られることとありますしね」

その発想はなかった。だけど会う前の観察は大切かもしれない。特にスパークルさんはアプリに顔写真を載せていないので、会って初めてわかることもあるだろう。

でも、優しそうな人だと思えた。それまで嘘なら、少し悲しい。

「あとは、いつでも逃げられるようにしておくのがいいと思います。バッグとかお財布とか手放さないようにして。最初は日中に、人の多いところで会うのがいいですよ」

待ち合わせ場所は町田駅前で、その後は近くのカフェでお茶をしようという話になっている。もしも逃げる必要に駆られたら、地の利もあるしどうにかなるだろう。そうならないのが一番いいけど。

「ありがとう。ごめんね、変な相談しちゃって」

話を聞いてもらえた安心感から思わず笑った私に、古峰ちゃんは怪訝そうな顔をする。

「もしかしてですけど、浅生さんが最近元気なかった理由ってそれですか？」

「え？」

「土師さんと話してたんですよ。浅生さんが溜息ばかりついてたり、時々暗い顔してるから、何かあったんじゃないかって。収録とロケ続きで忙しかったから、お疲れなのかなって思ってたんですけど」

二人からそう思われていたということは、よほど顔に出ていたんだろう。

「ごめんね。よりによって、プライベートのことで心配掛けるなんて……」

私が詫びると、彼女はむしろ朗らかに笑ってくれた。

「体調悪いとかじゃないなら全然オッケーです。浅生さんもそういうことで悩むんだなあって、なんか親近感湧きました！」

つくづく、古峰ちゃんはいい子だ。

彼女と土師さんの関係も、一時期と比べると改善されているようだった。二人で懸念事項を共有できるだけの信頼が生じているのは素晴らしいことだ——その内容については、私に反省すべき点ばかり山ほどあるけど。

「その人と会ってきたら、どんな感じだったか教えてくださいね！」

古峰ちゃんはそう言い残し、仕事に戻っていった。

期せずして温かい気持ちになった私は、気合を入れるようによし、と息をつく。

そして同じく仕事に戻ろうとして、

「——浅生さん」

人が滅多に通らないはずの階段で、誰かに声を掛けられた。

振り向くと、階下からこちらを見上げるようにして文山さんが立っている。手すりに手を掛け階段を上がってきたところのようだ。端整な顔が、今は少し硬い。

てっきり控室にいらっしゃるのだと思っていた。まだ私服姿のまま階段を上がってきたということは、着替え前にオフィスにでも立ち寄っていたのだろうか。

「文山さん。どうかなさいましたか？」

「あの……すみません。話を聞いてしまいました」

懺悔《ざんげ》するように、文山さんは項垂れる。

私はその『話』が何を指すのかに気づいて、血の気の引く思いがした——よりによって文山さんに、マッチングアプリで人と会う話を聞かれてしまった！

「あ、えっと、聞いちゃいました……？」

顔から火が出そうなほどの羞恥心に苛《さいな》まれつつ、私は笑ってごまかそうとした。

「わ、私も三十過ぎですし、ぼちぼち結婚したいなと思ってて、その——」

しかし対照的に文山さんの表情は険しい。つかつかと階段を上がってくると、ためらいながらも、こう切り出した。

「差し出口ながら、浅生さんはマッチングアプリの危険性をご存じないのですか？」

「え……まあ、ある程度は存じておりますが……」

「世間はあなたが思うほどいい人ばかりとは限りません。危険すぎます」

思いのほか強硬に反対されて戸惑わざるを得ない。

「……すみません、本当に余計なことを言いました」

立ち尽くす私に対し、文山さんは睫毛を伏せて自戒《じかい》の言葉を口にする。頬に睫毛の影が映る美しさにときめいたのも束の間、次に視線を上げた彼がポケットから取り出したのは、金属製の四角いキーホルダーだった。

「念の為、これを持っていってください。浅生さんに差し上げます」

「これ……なんですか？」

「防犯ブザーです」

いつもは料理を手際よく作る骨張った手が、まごつく私に防犯ブザーを手渡す。四角いキーホルダーの下部には細いストラップがぶら下がっており、非常時にはそれを引けばいいことくらいは私も知っていた。

「ありがとうございます。いただいちゃってよろしいんですか？」

尋ねると、文山さんはようやく安堵したように微笑む。

「念の為です。くれぐれもお気をつけて」

文山さんは軽く一礼して、控室へと足早に去っていった。


古峰ちゃんからのアドバイスと文山さんから貰った防犯ブザーを携えて、私はスパークルさんとの待ち合わせに臨んだ。

十一月初めの日曜日、午前十時半に町田駅前のモニュメント前で待ち合わせの約束だった。土曜日だと仕事が入る可能性があるからと言ったら、向こうも同じだそうで、日曜に会うことに決まった。

その日は薄曇りの、少し肌寒い日だった。私はボルドーのブラウスにベージュのプリーツスカート、白のストールという秋らしい装いで駅まで向かう。靴をスニーカーにしたのは走って逃げる場合の為だ。そんなことにならなければいいけれど。

駅前には十時過ぎに着き、私はモニュメントが見える場所を求めて周辺をうろついた。スパークルさんは赤羽在住だというから、恐らく小田急線で来るのだろう。彼が来るであろう方向とは逆の横浜線側駅舎から様子を窺うことにする。

ゆっくり回る銀色のモニュメントを眺めながら待つこと数分——。

スパークルさんは昨夜のメッセージで言った。

『私は黒いシャツとテラコッタのパンツで伺います。目印にチョコレート柄のトートバッグを提げていきます。見つけたらお声がけください』

物陰から覗く私の目に、それらしい人物が留まる。

彼は確かに黒シャツとテラコッタのパンツを身に付けていたけど、文章からイメージするのとは違い、シャツはぶかっとしたオーバーサイズだしパンツも足首できゅっと絞られたタイプだ。靴は黒のレザーブーツでいわゆるモード系ファッションだった。目印のトートバッグには確かにチョコレートが描かれているけど、それ以上に私の目を引いたのは彼の髪色だ。きれいに染められたカーキアッシュには見覚えがある。

秋半ばの肌寒さがそのまま悪寒にとって代わられた。

考えてみれば、八歳年下、同業者、細身の男性という時点で身近に心当たりはある。だけどまさか、と思いたかった。マッチングアプリで同僚とマッチングなんて笑えない冗談だ。しかも『スパークルさん』はこちらの顔写真を見ているから、わかった上でコンタクトを取ってきたということになる――。

意を決し、私は彼に近づいた。

彼がこちらに気づく。まず浮かべたのは見慣れた人懐っこい笑顔だったけど、それがすぐに、いたずらを見つけられた子供のような笑いに塗り替えられた。

「惠阪くん」

私が名前を呼ぶと、惠阪くんはこう答えた。

「フォギーさんですよね？　どうも、スパークルです」

照れたような表情と物言いがいっそ腹立たしい。私はここでチルエイトの同僚たちが『どっきり大成功！』という看板でも持って出てくるのではないかと身構えたけど、さすがにそこまではなかった。

だからといって怒りが和らぐわけもなく、私は息を吸い込んでから惠阪くんに告げる。

「一発、ぶん殴ってもいい？」

「え、なんでですか⁉」

彼が本気で慌てふためいたようなので、とりあえず気持ちを落ち着けようと試みた。上手くいかなかったけど、こんなことをした動機は聞いてやらなければなるまい。

「私を騙したようなものでしょう。他人のふりをしてマッチングしてきて、甘い言葉で誘い出したんだから。一体どういう目的でこんなことをしたのか、申し開きがあるなら今のうちだよ」

一息にまくし立てると、惠阪くんは困ったように頭を掻く。

「騙すつもりはなかったんです。正直、本当に浅生さんか自信もなかったですし」

「顔写真載せてたのに？」

「他人が浅生さんを騙《かた》っているって可能性もあるじゃないですか」

それはまあ、あるかもしれない。だとしても到底納得できない。

「とりあえず、ここじゃなんですからどこか入って話しません？　ごちそうしますから」

気遣わしげな惠阪くんの申し出に、私は一応頷いた。通勤で使う町田駅のモニュメント前で口論なんてしたら、今後利用しづらくなってしまう。

私たちは駅前にあるチェーン店のカフェに入る。本当はもっと別の、落ち着いた雰囲気の喫茶店に案内しようと思っていたけど、そんな計画もすっかり必要がなくなった。惠阪くんの奢《おご》りだと言うので遠慮なく追加トッピングまで頼み、もりもりの生クリームにチョコチップを散らしモカシロップも追加しためちゃくちゃに甘いコーヒーにしてもらう。

「浅生さんは甘党なんですね」

アイスのカフェラテを頼んだ惠阪くんが、にこにこしながらそう言った。

「弄《もてあそ》ばれて傷ついた心を癒すには甘いものが必要だからね」

「弄んだつもりも全然ないんですけど……」

「じゃあどういうこと？　私、知らない人だと思ってメッセージ送ったりしてたのに」

スパークルさんへのメッセージにはそこまでわかりやすい好意を滲ませていたつもりもない。だとしても、プライベートな内容を毎日顔を合わせる同僚に見られたダメージは相当だった。今後どういう顔で惠阪くんと接していけばいいのか、いたたまれない気持ちになる。

「最初は俺も、さっきも言いましたけど浅生さんのなりすましじゃないかって思ったんですよ」

カフェラテを一口啜って、惠阪くんが話し始めた。

「だってプロフィールも顔写真も、あまりにも浅生さんそのものなんですから。普通、もうちょっと濁したりぼかしたり、いいことしか書かなかったりするもんですよ」

「そうなの？」

「現に、俺がそうだったじゃないですか」

笑われてしまったけど、言われてみれば確かに。

マッチングアプリ初心者の私は、あまりにも本当のことを書きすぎた。ぼかすという頭がなかったのもあるし、そのままの私を見て欲しい気持ちもあったからだ。しかしそのままの私のプロフィールが『いいね』を貰えなかったのは、きちんと場に合わせて装える人々と比べると見劣りがしたということなんだろう。

「だから最初は確かめようと思ってコンタクトしたんです。もし偽者だったら問い詰めて、止めさせようとも考えてました。でもフォギーさんは、マッチングアプリ内でも仕事に真面目で、誠実な人で、メッセージのやり取りをすればするほど浅生さんっぽくて……」

恵阪くんは優しく続ける。

「考えてみれば、他人が悪意を持って騙るんだったら『霧歌さん』にしますよね。あえて違う名前を名乗ったのも、やっぱり浅生さん本人だからなのかもなって」

霧歌、だからフォギー。

今となってはその登録名さえ、なんとなく気恥ずかしい。

「ちなみに、どうして『スパークル』なの？」

そう尋ねたら、恵阪くんは少し寂しそうな顔をする。

「あっ、俺の名前からです。恵阪耀っていうんですけど……」

「そういえばそうだったね。そっか、耀だからスパークルか」

「俺たち、ニックネームのセンスが似てますすね」

にっこり愛想よく微笑まれて、かえって悔しくなる。

なんだか私一人でカリカリしているみたいだ。元々怒るのは得意な方ではないから、こうなるときまりの悪さを覚えてしまう。

「じゃあ私だと感づいてからもメッセージを送ってきた理由は？　頑なに会おうとしてたじゃない」

口直しのつもりで、甘いクリームを味わってから問い詰めた。

すると惠阪くんは急に眉を顰めて、言いにくそうにしてみせる。

「そこなんですよね。実は俺、今日お会いするまでフォギーさんが浅生さんだって確信があったわけじゃないんです。どうしても一つ、引っかかることがあって」

ああも克明なプロフィールを目にしてもなお、確信が持てなかった理由とはなんだろう。

「特技についてです。フォギーさん、自炊が得意って仰ってましたよね。しかも包丁を使わないって」

私が特技について書いたPR文はこうだ。

『自炊が得意ですが、時間がないので時短料理がメインです。包丁を使わない、キッチンバサミ料理が自慢です。とっても美味しいですよ！』

黙って唇を引き結ぶと、惠阪くんも自信がなさそうに語を継ぐ。

「浅生さんが料理上手なことは俺も知ってます。先日はすごく美味しい雑炊をごちそうになりましたし、番組ホームページに載せる料理写真だって全て浅生さんが作ったものですよね？　そんな人が『包丁を使わない』なんて言い切るとは思えなくて……あれは本当なんですか？　それともジョークだったりとか？」

特技や趣味に料理を挙げる人が包丁を使わない、なんてありえない。恐らく惠阪くんだけでなく、大半の人がそう思うだろう。それほどに包丁は料理に欠かせないものだし、使い方を学んでおくべきものだ。

うちの母も言っていた。ハサミを使うなんてみっともないから、包丁を使えるようになっておくべきだって。退院したらすぐに教えるからって——その約束は叶わなかったけど。

私が包丁を使わないのにはいくつかの理由がある。面倒だから。ハサミの方が切れ味がいいし楽だから。とにかく手早く料理をする必要があったから。

でも一番は、叶わなかった母との約束を胸に留めておきたいからなのかもしれない。

娘二人を遺していく悔しさ、思い通りにならない病への歯がゆさが、母の言葉には込められていた。

「……ジョークじゃないよ」

母のことを思い出すと、わだかまっていた怒りも潮が引くように消えていく。あの頃の母が抱えていた気持ちに比べれば些細なことだ。

「本当のこと。私、包丁を使わないで料理をするの」

そう打ち明けるのも恥ずかしかったけど、惠阪くんにはもう十分みっともないところを見せてしまっている。あのPR文を見られた以上は知られても仕方がないと、打ち明けた。

案の定、惠阪くんは口をぽかんと開けて数秒間フリーズした。

「え……そんなこと、できるんですか？」

「私にとっては包丁使うより簡単かもしれない」

「ちょっと想像つかないっすね。そうなんですか……」

どうにも信じがたい様子だったから、言葉で言うより早いだろうと持ちかける。

「なんだったら、作るところ見てみる？」


私は惠阪くんを自分の部屋に招いた。

途中でスーパーに立ち寄り、買い物も済ませる。惠阪くんは従順についてきたけど、部屋に立ち入った途端、そわそわしながら辺りを見回しはじめた。

「浅生さんってお独り暮らしなんですよね。俺、上がっちゃって本当に大丈夫ですか？」

「気を遣わなくていいから。この間、古峰ちゃんもお酒飲んでいったんだ」

あのチョコレート柄のトートバッグを肩から提げたまま突っ立っているからどうかしたのかと思えば、やがて照れながら白状してきた。

「俺、年上のお姉さんの部屋に入るのって初めてで……」

　恵阪くんは私よりマッチングアプリに詳しいし、何やらベテランの風格さえ漂わせている。てっきりそういう出会いはたくさん経験してきたものかと思っていた——という本音を口にしたら、たぶん彼は傷つくだろう。すんでのところで飲み込み、適当に答える。

「気にしすぎだよ。職場の先輩の家って思えば普通でしょ？」

「そう思う方が意識せずに済みそうですね」

　素直に納得してもらえたところで、早速ご飯の支度をしよう。時刻は既に十一時半、びっくりしたり怒ったり恥ずかしかったりと忙しなかったせいでお腹もぺこぺこだ。

　ランチのメニューは文山さんも作っていた『塩鯖のアクアパッツァ』だ。これを今から恵阪くんの前で、包丁を使わず仕上げてみせる。

　キッチンに立った私が愛用のハサミを取り出すと、恵阪くんはまだ信じがたいというように目を見開いた。

「本当にそれで作るんですか？」

「そうだよ。絶対こっちの方が簡単だから」

　お手入れは欠かしていないキッチンバサミは、今日も刃先に鈍い光沢を放っている。

　最初に切るのは塩鯖フィレだ。まるごと調理した方がアクアパッツァらしさはあるのだけど、文山さんは食べやすく切り分けていたからそれに倣う。キッチンバサミを使って、鯖の身をぱちんと三等分にした。

「魚をハサミで切る人、初めて見ました」

惠阪くんの感想は実に正直だ。

鯖の次は野菜類も切っておく。今日はミニトマトとズッキーニ、それにオリーブを買ってきた。ミニトマトは半分に、ズッキーニとオリーブは輪切りに、やっぱりキッチンバサミで切っていく。

「ズッキーニもハサミで切れるんですか？」

「見た目より意外と硬くないんだよ。切ってみる？」

私がハサミを手渡すと、惠阪くんは恐る恐る、だけど器用にズッキーニをぱちんと切ってみせた。

「本当だ。ズッキーニってつくづく不思議な野菜ですよね」

「そうだね。結構いろんな調理ができたりするし」

次は——文山さんのレシピではオリーブオイルで鯖を焼き、白ワインを注いで煮込む。でもそんな手間は掛けたくない。というわけで、炊飯器に入れた。

「炊飯器!?　ど、どういうことですか？」

「私、煮込み料理は炊飯器で作る派だから。豚の角煮とかビーフシチューとか」

スイッチ一つで美味しくしてくれる炊飯器は、疲れて帰ってくる社会人の強い味方だ。

私は釜に砂抜きしたアサリを敷き、その上に塩鯖を載せる。隙間にミニトマトとズッキーニとオリーブを詰め、ハサミで刻んだアンチョビも入れたら、上からオリーブオイルを回しかける。あとは白ワインを注いで、スイッチを入れるだけだ。

電子音と共に加熱を始めた炊飯器を見て、恵阪くんは深い溜息をつく。

「俺、この発想はなかったです。他にどんなものが作れるんですか？」

「結構いろいろできるよ。最近試して美味しかったのはカオマンガイかなあ」

調理後に炊飯器をきれいにする手間があるのが難だけど、お鍋の前に立ってじっと待つよりかはずっと楽だ。ちょっと小腹が空いた時の夜食に、サツマイモを蒸かすのもよくやる。

炊飯器の蒸気口から、微かにワインの香りがする湯気が上がってきた。この待ち時間を黙って過ごすのももったいないし、恵阪くんにアクアパッツァだけでは物足りないだろう。もう一品作ることにする。

「イタリアンってことでピザでも焼こうか」

ちょうどミニトマトやオリーブが余っているし、発酵なしで作るピザにしよう。私は薄力粉にベーキングパウダーやオリーブオイルを混ぜ、生地を捏《こ》ね始めた。

「浅生さんって料理上手なんですね……」

生地をまとめる私の横で、恵阪くんは感心したような声を上げる。

「そうでもないよ。結局、包丁は一切使ってないでしょ？」

私は料理ができるけど、上手い方ではない。包丁を使えないことをずっと引け目に思っていたし、それでいて今からどこかの料理教室に習いに行こうという気も持てずにいる。昔から私の料理は必要に駆られてやっているだけだったから、誰かに習うことで、それが根本から否定されるのが怖かった。そうしたら二度と時短料理は作れなくなってしまうかもしれない。

「料理が上手いっていうのは、文山さんみたいな人のことを言うんだよ」

まとまった真っ白なピザ生地を伸ばしながら続けると、惠阪くんは考え込むみたいに唸った。

「そりゃ文山さんはプロみたいにお上手ですけど、料理が上手いっていうのはプロみたいに作れるかどうかじゃなくて、美味しいかどうかだけで判断していいと思います」

そう言い切ったから、私は黙って隣を見やる。

惠阪くんは珍しく真面目な顔で、考え考え続きを口にした。

「ちょっと話変わりますけど、今、映画ってスマホでも撮れるじゃないですか」

だいぶ変わった気がするけど、頷いておく。

「スマホで撮った映画がアカデミー賞獲ったり、カンヌ行ったりしてますよね。でもそこで『スマホで撮ったから駄目な映画だ！』なんて言う人、もはやレアなくらい見かけないです。映画は見る人に伝わって、その心に響けばいいと思うんですよ」

日本でも以前、スマホを使った撮影シーンのある映画が劇場公開され、大きな話題を攫《さら》っていた。誰もが持ち歩いている小さな道具一つで映画が撮れるのだから、それは八ミリフィルム以来の技術革新と呼べるだろう。

「料理だって同じことですよ、きっと」

惠阪くんはそう口にすることでむしろ確信を得たように、きっぱりと言った。

「包丁を使うとか、手際がいいとか、問題はそこじゃないんですよ。浅生さんみたいにキッチンバサミや炊飯器を駆使して料理してても、出来上がったものが美味しかったら料理が上手いってことですよ。引け目に思うことなんて全然ないです」

私は思わず手を止めて、隣に立つ惠阪くんの顔を見る。

彼の真剣な眼差しは同時に自信にも満ちていた。面立ちはちっとも似ていないのに、どういうわけか華絵を思い起こさせる。たぶん、希望に彩られたその顔つきが重なるのだろう。まだ二十代で、心が絶望や諦めに汚れていないから——私だってそこまで汚れてはいないはずだけど、でもその若さが羨ましいなと思った。

むしろ私の心こそ、固定観念でがちがちに凝り固まっていたようだ。料理は美味しければいい。そんな答えは、妹と囲んできた食卓の上で既に出ていたはずなのに。

私は肩の荷が下りた気分で告げる。

「そうだね。こんなこと、別に気にする理由はなかったのかもね。美味しく食べられたらそれでいいって思うべきだった」

「自信持っていいと思いますよ」

恵阪くんが満面の笑みで頷く。

チルエイトの若手はいい子揃いだ。彼も経緯はともかく、私を心配した上で今日、町田まで来てくれたのだろうし、諸々は水に流してあげることとしよう。

「ありがとう、恵阪くん」

私はまたピザ生地に向き直る。

「でも美味しいかどうかは食べてみないとわからないよ。しっかり確かめていってね」

「楽しみにしてます！」

それではご期待に沿えるよう頑張ろう。

伸ばしたピザ生地にトマトベースのソースを塗り、具材を並べる。例によってキッチンバサミでカットしたミニトマトやオリーブ、細かく刻んだアンチョビを載せ、上からチーズをたっぷりかける。あとは蓋をしたフライパンでじっくり焼くだけだ。

ピザをフライパンで焼き始めた頃、部屋の中にアクアパッツァのいい香りが漂ってきた。

もうじきランチの時間だ。

炊飯器で作ったアクアパッツァは、鯖の身が見るからにふっくらと仕上がっていた。

火が通って口が開いたアサリは、美しく透き通った白ワインのスープに浸かっている。周りを彩るミニトマトやズッキーニやオリーブも、柔らかく火が通っていて美味しそうだ。

お皿に盛りつけたアクアパッツァの隣に、かりっとクリスピーに焼けたピザを並べる。

すると惠阪くんがわくわくした様子で身を乗り出す。

「やっぱすごく美味しそうじゃないですか！　浅生さん、ごちそうになります！」

「どうぞどうぞ」

彼はそこではっとして出しかけた手を引っ込めた。

「アクアパッツァの物撮りはしなくていいんですか？　ホームページに載せる用の」

「そういえば、まだ撮ってなかったな」

「じゃあ今回は俺が撮ります！　土師さんよりすごい写真に仕上げますよ」

私はデジカメを彼に手渡す。ただ、あの人に勝つのは難しいだろうなと思った。

そんな心中を口にする気は一切なかったけど、顔には出ていたのかもしれない。惠阪くんはちょっとムキになったように胸を張る。

「やってみせます！　浅生さん、手伝ってもらえますか？」

料理の写真を撮るなら自然光がいい、と土師さんは言っていた。

ちょうど日中で陽も射してきた折だったから、私たちは料理を載せたテーブルを窓際まで運んで撮影に入る。レフ板なんてうちにはないので、私の白いストールで代用した。私がそれを広げ、惠阪くんがデジカメでアクアパッツァの写真を撮る。

「うーん、画角の調整が難しいな……」

使い慣れないカメラだからか、惠阪くんは何度か首をひねっていた。それでも試行錯誤するうちにベストな画角を発見できたようだ。その会心の一枚を私に見せてくれる。

アクアパッツァに焦点を当てて自然光の下で撮った一枚は、白ワインのスープに浮かぶ油分の輝きを美しく捉えていた。塩鯖の皮目の銀色も、添えられた野菜の彩りも、柔らかい光の中でつやつやとして見える。加工なしでこれだけ撮れたなら誇ってもいい。

私の感想とは裏腹に、惠阪くんはまだ物足りない様子だ。

「写りは悪くないですけど、土師さんほどではないですよね……悔しいな」

「そう言ったって、あの人は八年分のアドバンテージがあるからね」

今の惠阪くんが土師さんほどの技術を身に着けていたら、それはそれで大変なことだろう。八年という年月はそれだけ大きい。

惠阪くんは悔しそうにしながらも笑う。

「俺、土師さんが目標の一つなんですよ。いつか追いつきたいって思ってて」

「わかるよ。惠阪くんなら夢じゃないかもしれないね」

本気でそう思った。惠阪くんはまだまだ伸びしろがあるし、それを活かせるだけの前向きさもある。もちろん土師さんも現状に満足して足踏みするタイプではないから、追いつくのはたやすいことではないだろうけど、いつか並び立つ日がやってくるかもしれない。

物撮りを終えたところで、私たちは一緒にお昼ご飯を食べた。

炊飯器で作ったアクアパッツァは、塩鯖も見た目通りほくほくしていて美味しくできていたし、その鯖やアサリ、野菜から旨みが染み出したスープは手が止まらなくなるほどの味わい深さだった。よく煮込まれた野菜はくたくたした食感で、酸味あるトマトもスープの染みたズッキーニもしっとりしたオリーブも、口の中でとろけるほど柔らかい。

フライパンで焼いたピザは、薄くカリカリした生地の上に溶けたチーズが広がっている。具材はアクアパッツァと被っていても、オリーブの歯ごたえやアンチョビの塩気はこちらの方がよく味わえた。チーズとトマトソースの相性は言うに及ばず、昼間からお酒が欲しくなるような美味しさだ。

「やっぱ浅生さん料理上手ですね！　めちゃくちゃ美味しいです！」

恵阪くんは相変わらず気持ちのいい食べっぷりだった。アクアパッツァを掬うスプーンの動きはまるで地面を掘るように豪快で忙しない。ピザの伸びるチーズとも格闘しつつ、私の二倍のスピードでどんどん平らげていく。だいぶお腹も空いていたのかもしれない。

「特にこのピザ、クリスピーな感じが好みです。発酵なしで作れるもんなんですね」

「うん。すぐできるから、妹によく作ってあげたんだ」

あの子がお腹を空かせて辛い思いをしないように、必死で覚えた時短レシピの一つだ。

私がそのことに言及すると、恵阪くんは垂れ目がちな瞳を瞬かせる。

「妹さんって、もうじきご結婚されるって方ですか？」

「そう、恵阪くんと同い年なんだよ」

「俺と……へえ」

びっくりした顔の後、彼は残念そうな笑みを浮かべた。

「じゃあ浅生さんからしたら、俺も弟みたいなもんですよね」

「そうだね」

「うわ、めっちゃきっぱり言われた」

じゃなかったら、部屋まで連れてきたりしない。

でも、思う。もしもスパークルさんが恵阪くんではなかったら、私はどうしていただろう。入社当時から成長を見てきてまさしく弟のように思える恵阪くんではなく、全く知らない八歳年下の人だったなら――それでも妹と同い年では抵抗があるし、どうにもならなかったか。メッセージのやり取りではちょっとだけ、ときめいたりもしたけど。

「妹のことがあったから、ってだけじゃないんだけどね。私もぼちぼち結婚したいなって思って、それでマッチングアプリを始めたんだけど……」

出会えたのは職場の後輩だけだった。あれきり『いいね』は増えていない。

「私には向いてなかったみたい。自分のことをわかってもらいたいって気持ちばかりで、人にどう見られるかを分析しきれてなかった。人に求めるだけじゃ駄目だって、基本中の基本なのにね」

やっぱり結婚する相手には私の時短調理法を理解して欲しかったし、仕事についても同じように思っていた。でも恋愛においての相互理解は当たり前のように大切な要因であり、私には自分のPR文を見た人がどう思うか、という視点が根本から欠けていたのだと思う。

「プロフィールを直せば、ちょっとは違ってくるかもしれないですよ」

惠阪くんはそう言ってくれたけど、私は首を横に振った。

「さすがにもういいよ。『いいね』の有無で一喜一憂したくないし」

「写真も、なんなら俺が撮り直しますよ。それか土師さんに頼むとか」

「加工もしてもらう？　会ったらがっかりされちゃうやつじゃない、それ」

マッチングアプリはもう使わない。自分には向いていないとわかったし、また振り回されて職場のみんなに心配を掛けるようではよくない。

「慣れないことするよりは、いつも通り仕事に打ち込んでる方が精神的にも楽だってわかったよ。そのうち自分に合った婚活方法を見つけられるかもしれないし、アプリはもういいかな」

まだ上司からの紹介という道も諦めてはいないし。千賀さん、何卒よろしくお願いします。

「そうですか……フォギーさんとこれでお別れなんて、寂しいです」

溜息をついた惠阪くんとの話題は、仕事の悩み相談に移行した。現在チーフADの彼は、千賀さんから二つの選択肢を提示されているらしい。

「ディレクターになるか、AP目指すか、どちらがいいかって聞かれてるんですよ」

惠阪くんは眉を顰めて迷っている様子だった。

「土師さんから編集教わってたし、もう決めてたのかとばかり……」

「まあ、俺も六割くらいはそっち傾いてたんですよ。でも浅生さん見てると、渉外業務も結構やりがいありそうだなと思って。どうですか？」

彼の助けになるならと、私も率直な気持ちを打ち明ける。

「やりがいは確かにあるよ。社外の人とたくさん出会えて話せるし、タレントさんとも接する機会が多くて楽しいしね。それでいてスタジオ収録やロケにも参加するから、やること多いって感じるかもしれない」

チルエイトは人の少ない会社だから、担当じゃなくてもちょっとしたことで駆り出される場合があった。それも含めて、やりがいがあると言えるのは確かだ。

「私もね、『マヨナカキッチン』が始まった当初は、私は撮影班じゃないしなって思ってたところもあったんだけど……」

ディレクターの方針にあまり口を挟んではいけないと思っていた。

撮影班のリーダーは土師さんで、惠阪くんや古峰ちゃんは彼の部下だ。だから私はAPとしてあくまでもフォローや手伝いに努めるべきだと。逆に私の仕事をみんなに手伝ってもらうのもよくないと考えていた。

でも違った。

「私もエンディングロールに名を連ねるスタッフの一人だし、『マヨナカキッチン』を作るチームの一員。番組に関するどんな仕事もどんな思いもみんなで共有していくべきだって、今は思ってる。それも含めてAPの仕事だって」

そこまで語ると、惠阪くんは視線を落として小さく笑う。

「やっぱ、浅生さんとフォギーさんってそっくりですね」

そっくりも何も同一人物だ。私がそう言おうと思った矢先、彼の方が早く口を開く。

「実は俺、浅生さんの作った番組を見て、チルエイトに入ろうと思ったんですよ」

後進が私の番組を見て我が社を選んでくれた。本来なら喜ぶべき話なのに、背筋がひやっとする。昔の仕事とは誇りである一方で、直視しがたい失敗の歴史でもあるからだ。

「……私の、どれ？」

恐る恐る聞き返せば、惠阪くんはいい笑顔で答えた。

「プロミネンスの街ブラ番組ですね。『ぷらぷらプロミネンス』ってタイトルです」

タイトルを出されて、思わず頭を抱える。

「わあ……私がそれこそ新米Dの時のだよ。あれ見てくれたの？」

「はい！　俺あれすごく面白くて、涙出るくらい笑ったんですよ！　番組にファンメールもして、レギュラー化希望って送ったんですけど」

お笑いコンビ、プロミネンスが商店街などを散歩する『ぷらぷらプロミネンス』は、コンビ仲がいいことで知られるお二人の掛け合いが面白いとそこそこの好評を博した。お蔭で単発ながらも第三回まで放送することができたものの、レギュラー化にまでは至っていない。

当時ディレクターになりたてほやほやだった私は、カメラ一つを抱えてプロミネンスとの街角ロケに臨んだ。お二人は私の拙い進行に苛立つことなく、むしろ明るく励まし続けてくれた。私が移動にもたついた時も、カメラを持ったまま後ずさったせいでよろけた時も、さりげなく笑いに変えてくれた。そんな現場の空気が番組にも反映されたのか、惠阪くんのように笑ってくれた視聴者は多かったようだ。

ただ個人的には、未だに見返すことのできない番組でもある。思い出す度にあの時こうしておけば、もっと上手くやれていたらと後悔ばかりが過るからだ。

「面接の時にその話をしたら、千賀さん、俺が出したメールを覚えててくださったんですよ」

過去に苛まれる私とは対照的に、惠阪くんは目を輝かせて語っている。

「嬉しくて、内定貰ったら絶対ここで働こうって決めてました。入社したら千賀さんが俺に、社内にあった『ぷらぷらプロミネンス』のテープを特別に見せてくださって……」

「そんな何回も見なくていいのに！」

「いや、今見ても面白いですって！　ディレクションや編集の参考にもなるからって千賀さん仰ってましたよ。浅生さんがどうやって進行したか、どんなくだりを活かして繋げたか、これで学んでおきなさいって」

密かに震え上がる私のことを、恵阪くんは意に介さず、噛み締めるように続けた。

「俺、やりたいことも見てみたいことも山ほどあるんですよ。だからなかなか選べなくて。もうしばらく悩むことになりそうです」

彼ならきっと、後悔せずきらめく道を選び取ることができるだろう。


恵阪くんと会ったその日の夜、私はマッチングアプリをアンインストールした。

翌日のスタジオ収録後、私たちは文山さんをお茶に招くことにする。

「お招きにあずかり光栄です。一度皆さんとゆっくり話してみたいと思ってまして……」

私たちの誘いに、文山さんは面映《おもは》ゆそうにしながらも言ってくださった。

チルエイトの休憩室にはこの日の為に脂っこくないお茶菓子をいくつか取り揃えてある。

個包装のチョコレートやナッツ、千賀さんが自腹で買ってきたお土産品のゴーフルやおかき、それにケータリングのサンドイッチも並べておいた。冷たいお茶のペットボトルは緑茶、烏龍茶、紅茶、お湯を沸かしたポットとティーバッグも数種用意している。

「ちょっとしたパーティーみたいですね」

とは、一緒に準備をした古峰ちゃんのコメントだ。

文山さんをチルエイトの休憩室にお招きして、みんなでお茶を楽しむ日がやって来るなんて、『マヨナカキッチン』の収録が始まった当初は想像すらできなかった。

それが今では、文山さんが休憩室のソファーに座って温かい紅茶を飲みながら、控えめに微笑んでいる。彼の向かい側には千賀さんが座り、あとはみんなが別のテーブルから椅子を持ってきて座ったり、あるいは立ったまま文山さんを囲んでお茶を飲んだりと思い思いに過ごしていた。

「最近は視聴率も安定していて、局側と『二クール目あってもいいかもね』なんて話になってるんですよ」

千賀さんは上機嫌で文山さんに話しかけている。

最新回の視聴率は二・七パーセントとここ最近右肩上がりだ。次の枠で放送される深夜アニメが好評だという呼び水もあるものの、深夜帯でこの伸び方は珍しく、配信での再生回数も好調で、番組自体の評判もじわじわと広まりつつあるようだった。

「どうです？　続行となったら、文山さんまた出ていただけますか？」

「呼んでいただけるのであれば、ぜひ。レシピのストックもありますし」

千賀さんの問いに、文山さんは間髪を入れず頷いた。

「本当ですか？　それはありがたいな……！」

ほっとしたように笑う千賀さんを見て、来島さんもうきうきと声を上げる。

「だったら総集編もやりたいですね、幸い素材はたんまりあるんですよ。土師も『編集で削ったところがもったいない』って度々言ってますし」

「いいですね、総集編。文山さんの貴重なＮＧシーンを出しましょうか」

土師さんがそれに応じた途端、文山さんは恥ずかしそうに土師さんを見上げた。

「あの時は格好悪いところをお見せしました。使えるのであれば、どうぞ」

「格好悪くなんかないですよ。ファンはそういう一面にも喜ぶものですから」

そう言って、土師さんは一瞬だけ私に意味ありげな視線を向ける。

もちろん知らないふりをしておいたけど、正直ＮＧシーン集も見てみたい。総集編、できたらいいな。

お茶会では番組の話の他、料理の話もした。私がアクアパッツァを作ったことを聞くと文山さんはとても喜び、いくつか助言までくれた。和やかな空気に乗っかるように、つい先日の失敗エピソードも口にする。

「実は私、一時期マッチングアプリをやってたんですけど——」

切り出した瞬間、その場にいた全員が一斉に私を見た。

「マッチングアプリ⁉　なんで？」

素《す》っ頓狂《とんきょう》な声を上げた土師さんに問われ、私は悪いことでもしたような気分で答える。

「いや……彼氏が欲しかったから、ですけど……」

「浅生さんには向かないだろ。ああいうのはもっと選球眼に長けた男女が使うもんだ」

来島さんが諌めるようにかぶりを振った。

「君は素直な子だからね。悪い人に騙されて危ない目に遭うんじゃないかってそりゃ心配にもなるよ。……ああ、僕が誰か紹介するって言って全然できてないからか。早急に誰か見つけてくるよ。だから危険な真似は控えておくんだよ」

千賀さんはまるで子供を相手にするような物言いだ。

「違うの。私が浅生に勧めたんだよ」

絢さんの言葉に、千賀さんはうろたえた様子で口を開く。

「君が⁉　どうしてまた浅生にそんなものを……」

「そんな不安がるものじゃないの。若者の間でマッチングアプリが流行ってて、結婚する人もいるって特集、前にうちの番組でも取り上げたじゃない」

「そうだけど……やっぱり、身内となると心配の方が大きいし……」

「浅生はもういい大人なんだし、自衛もちゃんとできる子だよ。ね？」

絢さんがそう言ってくれたことも、千賀さんが『身内』と言ってくれたことも、どちらも嬉しくてにやにやしてしまう私がいた。

「というか皆さん、情報のアップデートができてないですよ」

そこで古峰ちゃんがやれやれと首を竦める。

「マッチングアプリは今や重要な出会いと婚活の手段なんです。危ないものだっていう認識自体、時代遅れですからね。これだからおじさんたちは！」

「おじ……」

土師さんが言葉に詰まり、不本意そうな顔をした。それを見て絢さんがおかしそうに笑い出す。来島さんも納得がいかない様子だったし、千賀さんに至ってはしきりに首をひねっていた。

深刻に捉えられているようだし、ひとまず結果だけは話しておこう。

「絢さんに勧めていただいてなんなんですけど……正直、私は向いてなかったみたいです。昨夜やめようと決心して、アプリも消しました」

そこで古峰ちゃんが私の袖を引いた。前に事情を打ち明けていたのもあり、気遣わしげに尋ねてくる。

「あの、じゃあ、この間会う約束したっていう人とは――」

同じく事情を知っている文山さんも、注視するように私を見た。もう一人、当事者もこの場にいるけど、彼は素知らぬ顔でサンドイッチを頬張っている。

ささやかな仕返しのつもりで、聞こえるように言ってやった。

「一応、会ってきたよ。年下の可愛い男の子だった」

「――ごほっ」

恵阪くんが盛大にむせる。

「何やってんだよ恵阪、大丈夫か？」

「だ、大丈夫っす。すみません」

駆け寄って背中をさする土師さんに、恵阪くんは咳き込みながら応じていた。

「でも歳が離れすぎてたからね。付き合う気はないし、アプリ自体もうやらないって決めたんだ」

私がそう続けると、古峰ちゃんは残念そうに、だけど慰めるように優しく微笑む。

「そうだったんですね……浅生さんならきっとすぐいい人見つかりますすよ！」

「ありがとう。そうだといいんだけど」

今でも彼氏は欲しいし結婚もしたい。でも私にはやりがいのある仕事もあるし、心配してくれる同僚たちもいる。それはすごく幸せなことだし、傷ついた自尊心もあっさり回復してしまったから、しばらく一人でもいいかな、なんて考えすら頭を過る。

少なくとも焦って慣れないことをして、ただただくたびれるのはもうやめる。そんなことで心を擦り減らしている暇なんて私にはない。

「じゃあいい人を探してくるから、どんなのがタイプかって聞いておこうか」

千賀さんが私に、絢さんと同じことを尋ねてくる。

私は少し考えてから答えた。

「私のことをわかってくれて、仕事で帰りが遅くなってもうるさく言わないし、忙しい時は放っておいてくれる人。で、私の作ったご飯を美味しいって食べてくれる人じゃないと駄目です」

それらは結局、どうしても譲れない条件だ。

「なるほどなあ……」

腕組みをした千賀さんが考え込んでいる。

「そもそも恋愛は相互理解ですからね。この程度も理解してくれない人のことを、私だって受け入れる気にはなれません。もしもこのくらいも理解できる人がこの世にいないっていうなら、そんな了見の狭い男性陣はこっちから願い下げです！」

「い、言い切ったね、浅生」

千賀さんが困ったような顔をする傍らで、ふと文山さんが噴き出した。私はもちろん、みんなが驚きの眼差しを向ける。

彼が声を上げて笑う姿なんて、この現場では一度として見たことがなかった。

「すみません、あまりにも気持ちのいい主張だったから……」

詫びながらもまだ笑っている文山さんが、私にその笑顔を向ける。

「とても格好いいですよ、浅生さん」

彼のみならずあたりの空気までぱっと照らし出すような、とびきり明るい笑顔だった。

その眩しさに私は言葉も出なくなり、ただ目に焼きつけようとすることしかできない。

こんな笑顔が見られるのなら、私、もういっそ仕事だけでもいいかな。

第五話

十一月、鶏がらのスープフォー

最高気温が十五度を切った十一月下旬、チルエイトに嬉しいニュースが飛び込んできた。

前回放送分の『文山遼生のマヨナカキッチン』の視聴率が三パーセントを超えたのだ。

「三パー⁉　すごいじゃないですか！」

第一報を聞いた惠阪くんは仰《の》け反《ぞ》るほど驚いていたし、

「ってことは……ついにうちの地元の人口超えました！」

とっさに計算した古峰ちゃんは片手を振り上げ快哉を叫ぶ。

もちろん千賀さんだって大喜びで、私たちスタッフ一同にお祝いのコーヒーを奢ってくださった。自身も熱いカフェラテを啜りながら、満足そうな吐息と共に呟く。

「尻上がりに数字がよくなっていったのは素晴らしいことだよ。みんなの頑張りも報われたな」

よほどのことがない限り、視聴率は次第に下がっていく傾向が強い。新番組の初回放送はまずお試しで見てみる視聴者が多いし、視聴を継続してもらうのは簡単ではなかった。

だけど『マヨナカキッチン』はその傾向に抗《あらが》い、初回の倍近い視聴率を達成した。

視聴率が上がった要因は、やはり視聴者のニーズを捉えられたことだろう。

「本当、報われたって思いますね」

私もいつになく幸せな気分で勝利の美酒ならぬブラックコーヒーを味わった。あまり声高に言うつもりはないけど文山さんを出演者に推した身としては、彼を見たがっている視聴者がこんなにもいることが最高に嬉しい。文山さんはまだ終わってなんかいない。

「いい数字も出たことですし、うちでも視聴率を壁に貼り出しましょうか？」

気分がいいので千賀さんに提案してみる。テレビ局では視聴率が高く出ると、その数字が担当ディレクター名と共に壁に貼り出されるところもあるそうだ。うちは制作会社なのでそんな風習はないものの、今回ばかりは真似したくなった。

「それはいいね。よしっ、僕が書こうか」

乗り気になった千賀さんが腕まくりをしたところで、慌てて土師さんが止めに入る。

「やめましょう。そんなテレビ局みたいなこと、恥ずかしいですから」

「恥ずかしがることじゃないだろ。君はむしろ誇りに思っていい」

「誇りには思ってますけど、いいんですよ。うちはうちのやり方で」

面食らったように反論した土師さんだけど、それでも次の瞬間には堪えきれない様子で口元をほころばせた。

「それに、うちの番組はもっと伸びます。二クール目はもっと上を目指しますよ」

「じゃあ次は五パー狙いましょう！」

続いた惠阪くんが気勢を上げる。

そう、千賀さんがみんなにコーヒーをごちそうしてくれたのには別の理由もあった。

『マヨナカキッチン』の続行が正式に決定したのだ。

視聴率が上がり始めた頃から放送局側は『ぜひ二期目もやりたい』とは言ってくれていた。もっともそれがただの願望、あるいはリップサービスで終わる場合が多々あることを制作会社側は身に染みて理解している。だから正式決定まではぬか喜びしないよう、だけど決定して慌てないように心構えをしてきたつもりだ。

二クール目は年をまたいで来春、四月スタート予定だった。文山さんのスケジュールも事務所を通じて押さえさせてもらっていたけど、それが無駄にならずほっとしている。

私は早速、二つの朗報をマネージャーの向井さんにお伝えすることにした。

『本決まりですか？　よかったです、ありがとうございます』

電話越しに聞く向井さんの声はいつも通りの丁寧さだ。お会いする時はいつもぴしっとスーツで決めている、あの折り目正しい雰囲気が伝わってくるようだった。

ただ今日は、勤勉さの奥に微かな安堵も感じられる。

『文山のスケジュールを押さえた甲斐がありました。今後ともよろしくお願いいたします』

私も感情を込めて応じた。

「スタッフ一同、また文山さんとお仕事ができることを大変嬉しく思っております」

二クール目決定を受けてチルナイト内の空気はいつになく高ぶり、みんなが団結しつつある。

『ありがとうございます。文山にしっかり伝えておきます』

言葉と一緒に、ふふっと朗らかな笑いが漏れる。きっと彼女にもこちらの熱量が伝わったのだろう。


仕事が順調なお蔭で、私にはもう一つ、いいことがあった。

かねてから要望していた十一月のお休みを無事確保できたのだ。しかも土日の他、月曜日の有休まで取得する予定だった。素晴らしい。

「そういうわけで、いっぱい飲んで二日酔いになっても大丈夫！」

電話で報告した私に、華絵は苦笑いが思い浮かぶような声でこう応える。

『だからって飲みすぎて潰れたりしないようにね』

「それは気をつけます。妹の婚約者の前で醜態《しゅうたい》は晒《さら》せないもん」

『違うよ、身体を大事にしてってこと。お姉ちゃんいつも忙しいんだから』

社会人になり独り立ちをして結婚を控えた身になった今でも、少し甘えるような口調は昔となんら変わりがない。だけど彼女も仕事中は向井さんのようにきびきびと話をするのだろう、などと知らない妹の姿を想像する。

たった一人の妹なのに、今では知らないことの方が多い。

『私たちの行きつけのお店を予約したんだ。ベトナム料理で、生春巻きとか焼きそばとかのコースだよ』

「美味しそうだね。エスニックでお酒飲むの久し振りだし、私も楽しみ！」

お酒や食事ももちろんながら、何より妹と久々に会えることが嬉しい。私は日々彼女の幸福と平穏を願い続けてきた。それが最高の形で叶っているのを目の当たりにできるのだ。どんな上等なお酒よりも美味しく、気持ちよくなれるに決まっている。

『――じゃあ当日、駅西口で落ち合おうね』

件のお店が恵比寿《えびす》にあるというので、待ち合わせ場所も恵比寿駅になった。町田からも乗り換え一本で、うちから会社までと変わらない距離だ。

『智也もすごく楽しみにしてるって言ってたよ。顔合わせるの一年ぶりくらいだもんね』

うきうきと弾む声で華絵は続ける。

『実は二人で見てるんだ、お姉ちゃんの番組。夜遅いから録画が多いけど。いつも美味しそうな料理作るよね。文山遼生って思ってたより優しそうな人なんだね。現場だとどう？』

「すごく真面目な人だよ。レシピもご自分で考えてるんだ」

『意外！　すぐ怒鳴る怖い人ってイメージしかなかったから、お姉ちゃん大変じゃないかなって心配してたんだ』

例のスキャンダルが報じられた際にワイドショーなどで繰り返し流された『カメラに向かって怒鳴る文山さん』は、何年も経った今でもこうして尾を引いている。うちの番組がそんな文山さんのイメージ改善に繋がっているのなら喜ばしいことだ。

「全然怖くないし怒鳴られたこともないよ。この間はうちのスタッフとお茶会したんだ。プロデューサーやディレクターとも和やかに話してたし、一番若いADちゃんの名前まで覚えてくださってるしね。いい雰囲気でやってるよ」

こんな話は収録が始まった当初なら絶対にできなかった。嘘偽りなくそう話せるようになって本当によかった。

『食事会の時、じっくり聞かせてよ。裏話とかあるんでしょ？』

「あるある！　ここだけのオフレコトークってやつ、いっぱい持っていくからね！」

私が約束すると、華絵は屈託のない笑い声を上げる。十代の頃となんら変わりがないその幸せそうな声は、いつでも私の心をほんのり温かくしてくれた。

秋が深まるにつれ日毎に肌寒くなり、私も遂にコートに袖を通す日がやってきた。

木枯らしに身を竦めながら出勤したその朝、千賀さんは分厚い膝掛けを持ち込んでいた。

「この歳になると急な冷え込みが辛くてね」

ぼやきながらも千賀さんはとろけるような笑顔だ。娘のかなたちゃんが選んでくれたという膝掛けはフューシャピンクの可愛いクマ模様で、スタジオの端から端まで離れた距離でも『あの膝掛けは千賀さんのだ』とわかる。寒くなってくるこの時期から見られる我が社の風物詩の一つだった。

「確かに最近、急に寒くなりましたよね」

頷いている惠阪くんもオーバーサイズのパーカーを着込んでいる。中にもう一人入っていても不思議じゃないくらいぶかぶかの服は、例によって原宿で買ってきたらしい。

「惠阪の服、サイズ合ってないんじゃないか？」

心配そうに尋ねる千賀さんに、惠阪くんは満面の笑みで答える。

「違いますよ社長、こういう服なんです」

「何の為に？　若者のファッションってわからないな……」

秋から冬への移り変わりを肌でも、視覚でも感じ取りつつ、私たちは今日『マヨナカキッチン』第一シーズンの最終回撮影に臨む。既にロケ収録の分は撮り終えており、あとはスタジオでの調理パートが終わればめでたく撮了となる予定だ。

「それと第二シーズン放送決定の告知もね」

ピンクの膝掛けを肩に羽織った千賀さんの言葉に、土師さんは嬉しそうに微笑む。

「番組のラストに告知パートも入れる予定です。放送終了と同時に各種報道でも情報解禁します。深夜帯ですが、ＳＮＳのトレンドには載せたいですね」

既に告知パートの台本も文山さんにはお渡ししてあった。一分半ほどの短い尺ではあるものの、第二シーズンの発表はこれまで見てくださっていた視聴者やファンの方々を驚かせ、喜ばせることができるはずだ。

「私、今から放送日が楽しみです」

古峰ちゃんがうずうずした様子で口を開く。

「絶対ネットで話題になりますから、エゴサしまくろうと思ってます！」

「いいね、私もやろ」

放送日は平日なのでその瞬間は家にいるか、会社にいるか、はたまた小田急線に乗っているかわからない。だけどせっかくだからリアタイしたいと思う。できれば家でゆっくりと、文山さんの笑顔を見たい。

「そういうわけで本日の収録、特に告知パートは最高の画を撮りましょうね」

土師さんの呼びかけに、来島さんは自信たっぷりに顎を引いてみせる。

「任せろ。走者一掃のスリーベースヒットを打ってみせよう」

「そこはホームランって言えよ！」

千賀さんの突っ込みももっともだ。この通り、撮影前のミーティングにおいても現場の空気は程よく暖まっていた。

「じゃあそろそろ撮影に入ろう」

号令がかかったので、私はスタジオを出て隣にある控室に向かう。

あまり広くない控室で、コックコート姿の文山さんがソファーに座っていた。ちょうど水を飲んでいたところのようで、こちらを見ながらペットボトルの蓋を閉めている。

「文山さん、本番です」

声を掛けると、少し慌てた様子で頷いた。

「わかりました、行きましょう」

彼が席を立ちペットボトルをしまっている間、私はなんとなく手持ち無沙汰で辺りを眺める。文山さんはいつもきれいに使ってくださっているので散らかってはいなかった。ただ一つだけいつもと違うところは、テーブルの上のお菓子類が少し減っていたことだ。

最近では文山さん好みのヘルシーなお菓子ばかり揃えていたから、お好みに合うものがあったのかもしれない。そう思った私の目に、お菓子の皿の陰に落ちていた別の何かが留まる。

銀色の小さな――薬の包装シートだ。市販の鎮痛剤だった。

「ああ、すみません。薬を飲んでいて……」

私の視線に気づいてか、文山さんの手が空のシートを拾い上げる。捨てておきますからとすかさず受け取った後、気になって尋ねてみた。

「文山さん、体調はいかがですか？　ご気分が優れないとか？」

タレントさんは大なり小なりメイクをするもので、文山さんも例外ではない。うっすらと叩かれたファンデのせいで顔色はわかりづらかったものの、こちらに向けられた表情が心なしか憂鬱そうに見えた。私の問いに、その顔には苦笑が浮かぶ。

「今朝はちょっと頭痛が。季節の変わり目だからかもしれません。ですが家で測った時も熱はありませんでしたし、今日の収録は問題ないですよ」

それならいいんだけど。心配は残りつつも少しだけほっとする。

「無理はなさらないでくださいね。必要ならいくらでも休憩挟みますから」

「ありがとうございます。チルエイトのスタッフさんは優しいですね」

文山さんもやっぱりご自身の体調が気がかりだったのかもしれない。

控室を出てスタジオに入り、私は声を張り上げる。

「文山さん入られます！」

「よろしくお願いいたします」

頭を下げながら歩く文山さんの足取りはしっかりしていて、一見して調子が悪いようでもない。

「ちょっといい？」

ディレクター卓に座った土師さんに囁く。文山さんはキッチンの前に立ち、古峰ちゃんにピンマイクを付けてもらっているところだ。

「文山さん、少し頭痛がするみたい。鎮痛剤を飲んだので、大丈夫だと仰ってたけど……」

土師さんは改めて文山さんをちらりと見、同じように声を落とす。

「わかった、気にしておく」

今日の収録がすんなり進めばそれに越したことはないのだし――気を揉む私の前で、恵阪くんが声を上げる。

「それでは収録を始めます！」

本番前らしい張り詰めた空気の中、私も一度深呼吸をして、持ち場へ向かった。


本日の収録は例の第二シーズン告知から撮ることになっている。

番組上では一番最後のパートだけど、いかに手慣れた文山さんと言えど収録が進めばくたびれてしまうだろうし、その前に一番いい表情を撮りたいというディレクターの意向だ。

「『マヨナカキッチン』をご覧の皆様、いつもありがとうございます」

カメラ越しに視聴者へ話しかける文山さんは、温かい笑みを浮かべている。形のいい目元に笑い皺を滲ませくしゃっと笑うその顔は、初期の収録では決して見せなかった表情だ。

視聴者の皆さんだって同じように感じているはずだ。華絵も言っていた――文山さん、思っていたより優しそうだねって。

「当番組は本日で最終回ですが、なんとこの度第二シーズンの放送が決定しました！」

そう言って、文山さんは自分で拍手をしてみせる。いつも手際よく料理をこなす文山さんの手が、照れながら控えめな拍手をする様子はちょっと可愛い。

「第二シーズンは四月スタートです。皆様に再びお目にかかれる日を楽しみにしています」

次回放送日時を記したフリップを手渡され、カメラに向けながら文山さんは続ける。

「また一緒にお夜食をいただきましょうね。それでは」

文山さんの手を振りながらの挨拶は、台本にはないアドリブだ。でもファンのニーズに応えるいい挨拶だったと思う。ここまで淀みなく告知もできているし、ついでに言うとAD古峰ちゃんのフリップを差し出すタイミングも完璧だった。一発ＯＫが出るだろう。

「――カット！　ＯＫです！」

スタジオの空気がふっとゆるむ。私も思わず息をつきかけて、次の瞬間はっとした。

恵阪くんが折り畳み椅子を抱え、キッチンセットの方へ飛び出していったからだ。向かう先には不安そうに屈み込む古峰ちゃんの姿が見え、更にその隣には膝をつく文山さんがいた。

「文山さん！」

とっさに叫んだのは私だけではなかった。一斉に駆け寄る私たちに気づき、文山さんは顔を上げようとする。苦悶に歪む表情が見えたのも一瞬だけで、すぐに手で額を押さえながらうずくまってしまった。

「すみません、急に眩暈《めまい》が……」

やっぱり体調が優れなかったようだ。頭痛に眩暈となると貧血かもしれない。

「大丈夫ですか？　ひとまず座りましょう」

惠阪くんは持ってきた椅子に座らせようと膝をついた文山さんに手を差し伸べた。

文山さんは力なく惠阪くんの手を掴む。そうでもしないと身体を起こすこともできないのか、縋りつくように握り締めて立ち上がろうとして――だけど、そのままスタジオの床へ倒れ込んだ。

「文山さん、文山さん！」

「う、あ……」

呻き声しか返せない文山さんの額には脂汗が滲み、身動きも取れないようだ。その様子に、思わず背筋がひやりとした。これはまずい。

「救急車を呼ぼう」

千賀さんの判断は早かった。その間にも土師さんは文山さんの身体を横向きにして気道を確保し、惠阪くんは毛布を掛けてあげている。私はスマホを取り出した。

一一九番に掛けるのは人生で二度目のことだ。

「救急です。住所は東京都新宿区西新宿——」

東京消防庁の落ち着いた問いかけに、私もなるべく落ち着いて答える。でもそうできていたかはわからない。ただ必死に職場の住所を告げるしかなかった。

「頭痛と眩暈を訴えた後に倒れました。三十代男性です。現在は意識が——かろうじてあるようです」

目の前で人が倒れたのは、これで三度目だった。


担架を持った救急隊員たちが駆けつけるまで十分も掛からなかった。でもその十分間が私には恐ろしいほど長く感じられた。このまま永遠に来なかったらどうしよう——。

救急車には千賀さんも同乗していった。それを見送った後で私は向井さんに連絡を入れ、ここまでの経緯と文山さんの容体をかいつまんで伝える。普段は冷静沈着な向井さんもこの時ばかりは動揺した様子で、搬送先がわかり次第病院へ行くと言っていた。

連絡を終えてスタジオへ戻ると、既に撤収作業が始まっていた。恵阪くんと古峰ちゃんは私に気づくと不安そうに駆け寄ってきた。

「文山さん、大丈夫でしょうか……?」

古峰ちゃんの顔色は真っ白だ。元気づけてあげたかったけど、私にもその材料は見つからなかった。

「頭痛と眩暈ってところが心配ですよね。重いご病気じゃないといいんですけど」

恵阪くんは古峰ちゃんに比べればいくらか平静そうに見える。それでも当然気がかりではあるようで、本番前の明るさが表情からも消え失せていた。

「向井さんによれば、文山さんにこれまで持病とかはなかったみたい。頭痛はたまにあったみたいだけど、お天気の悪い時くらいだって言うし……」

もっとも、時に何の前触れもなくやってくるのが病だ。うちの母も、千賀さんだってそうだった。

「告知パート、ちゃんと撮れてた？」

黙ってモニターを睨む土師さんに声を掛ければ、難しい顔で答えてくる。

「問題なくよく撮れてる。ただ、これだけあってもな……」

第二シーズンの告知は尺にして一分半ほどだ。当然ながらこれだけで番組一本分を編集することはできない。ロケパートの収録は終えているけど、肝心要の調理パートがないのでは成立しないだろう。

何よりも、文山さんが無事でなければ。

彼が倒れたことは遅かれ早かれ報じられ、ファンの皆様にも知られることになるだろう。

考えたくないことだけど万が一、事態が悪い方に転んでしまえば、この番組自体お蔵入りにもなりかねない。せっかく文山さんも楽しそうに収録に臨んでくださるようになったのに――『マヨナカキッチン』が文山さんにとって新たな出発点になればいいと思っていたのに。

「今は待つことしかできませんよね」

ぽつりと、悲しそうに古峰ちゃんが言った。

「なんか、辛いです。朝はこんなことになるなんて思ってなかったから……」

収録前、朝のスタジオはもっと和気あいあいとしていたはずだ。

「そんな深刻になるなよ。まだ重病って決まったわけじゃないんだし」

恵阪くんが少し慌てた様子で言い、土師さんが溜息交じりに語を継いだ。

「俺たちはやるべきことはやったし、対処も早かったはずだ。あとは千賀さんからの連絡を待つしかない」

千賀さんから連絡があったのは、撤収作業もとうに終わったお昼過ぎ頃だった。

幸いにして文山さんの病状はそこまで深刻ではなく、少なくとも命に別状はないらしい。

病院での付き添いを向井さんと交代し、千賀さんがチルエイトに戻ってきた。さすがにお疲れのようで、オフィスに入るなり椅子に座り込んで深い息をついている。それでも私たちへの説明は穏やかな口調で続けた。

「お医者様の話によると、突発性難聴だろうという話だ」

それを聞いて、安堵と驚きが入り混じった気配がさざ波のように広がる。

「難聴？　それで頭痛と眩暈だったんですね」

もっと重い病気の可能性もあっただけに、私もひとまず安心した。もっとも突発性難聴も甘く見ていい病気ではない。倒れてしまうほどの眩暈だ、相当苦しかったに違いない。

それに原因も気になるところだ。突発性難聴はストレスなどでもなると聞く。

「早めに受診して正解だったと言われたよ。放っておいたら完全に聴こえなくなっていたかもしれないそうだ」

千賀さんはそこまで言ってから、困ったように眉尻を下げる。

「ただ……向井さんとも話したんだが、この先のことはまだなんとも言えない。文山さんはしばらく入院しなくてはならないようだし、もしかすると長くなるかもしれない。この機会だからと精密検査も勧められたそうでね」

「長くなるってどのくらいですか？」

「まだ確定ではないけど、二週間程度と言っていたよ」

土師さんが唇を結んだ。

二週間後には『マヨナカキッチン』最終回が来てしまう。当たり前だけど文山さんも退院して即収録に来られないだろうし、仮に退院が早まったとして無理はさせられない。

「そんな、あとちょっとで撮了だったのに……」

恵阪くんもすっかり項垂れてしまっている。

「こうなったら最終回は総集編で繋ぐしかないな」

残念そうにしながらも、千賀さんは既にこの先のことを考えているようだ。

「土師、そのくらいの素材はあるって言ってたよな？　とりあえず文山さんが収録に参加できないことを前提に編集してみてくれないか」

「わかりました」

その判断も仕方のないことだろう。第二シーズンも決まった番組の最終回に穴を開けるわけにはいかない。

「なに、心配しなくてもいい。文山さんも第二シーズンの収録までには元気に戻ってこれるだろう」

みんなを励ますように、千賀さんは明るく微笑んだ。

文山さんがいつ戻ってきてもいいように留守を守るのが私たちの役目だ。

前向きでありたい気持ちはある一方で、この日の私はあまり仕事が手につかなかった。

無理を押しつつ夕方まで机に向かっていたら、やがて堪りかねた様子で千賀さんが声を掛けてきた。

「浅生もあまり調子よさそうじゃないな」

「……今日のは、さすがに衝撃が強すぎました」

私は笑ってごまかそうとしたけど、上手くいかなかったらしい。千賀さんは諭すような、穏やかな苦笑いを浮かべてみせた。

「顔色も悪い。今日は無理せず、早く上がったらどうだ？」

「でも、まだちょっと仕事が……」

「ちょっとなら明日やればいいじゃないか」

千賀さんが言うと、待ち構えていたように恵阪くんが声を上げる。

「そうですよ！　なんなら明日は手伝いますから！」

「私もいます！　浅生さんはしっかり休んでください！」

古峰ちゃんも続くように宣言して、私は言葉に詰まってしまった。それでも踏み切れずに逡巡していれば、駄目押しで土師さんが口を開く。

「浅生まで倒れたらもっと困る。今日は帰れよ」

ここで私まで脱落してはいけないのも確かだ。

「じゃあ……」

頷きかけた私の肩を、誰かが後ろから叩いた。

「よーし決定！　ちょうど私も帰るところだから、浅生、一緒に帰ろ！」

「うわ、絢さん⁉　脅かさないでくださいよ！」

絢さんは私の腕を抱えるようにして椅子から立ち上がらせてくる。有無を言わさぬその調子に、私は慌ててパソコンをシャットダウンせざるを得なかった。コートとバッグを押しつけるように持たされて、ものの数分でチルエイトから追い出されてしまう。

「浅生さん、お疲れ様でした！」

「ゆっくり休んでくださいねーー！」

手を振る古峰ちゃんと恵阪くんの後ろで千賀さんがそっと目配せをしたこと、私の腕を引っ張る絢さんがそれにサムズアップで応えたことも私は見逃さなかった。

どうやらずいぶんとご心配をお掛けしてしまったみたいだ。

定時前に家路に就いたのなんていつ以来だろう。妹の三者面談の為に早退した時以来、かもしれない。

外はもう日が沈みかけていて、夕暮れ時が早まってきているのを実感する。風は朝よりも一層冷たく、冬の気配すら感じられた。

この時間帯の西新宿駅周辺は、学校帰りらしい学生さんたちの姿が多く見られた。制服姿のまま楽しそうに談笑する子たち、どこかへ急ぎ足で向かう子たち、スマホで通話しながら座り込む子たちと様々だ。彼らが『マヨナカキッチン』を見ているかどうかはわからないけど、文山さんが倒れたことを知ったらどう思うだろうか。

「ちゃんと治る症状だったんだから、深刻に考えすぎなくてもいいんじゃない？」

隣を歩く絢さんが少し笑った。膝丈のブーツを格好よく履きこなしつつ、軽快な靴音と共に励ましてくれる。

「そうなんですけど、もうちょっと早く気づけてたなら、と考えちゃって」

文山さんが頭痛を覚え、鎮痛剤を飲んでいたことまで知っていたのだ。私がもっと深刻に捉えて収録の延期を申し出ていれば、倒れなかったかもしれない。

「気づけてたところで、すぐ病院に行かなきゃいけなかったのは同じでしょ？　きっと即入院してたよ。何より間に合ったことが一番大事。迅速な対応ができたならよかったじゃない」

優しい慰めの言葉の後、絢さんは静かにかぶりを振った。

「それはまあ……初めてじゃなかったからですね」

三度目だ。

一番最初は母だった。父は仕事で不在で、まだ中学生の妹と大学生だった私だけが自宅にいた。急に意識を失い倒れた母を見て、ただ縋るように救急車を呼んだ。どんなやり取りをしたかは思い出せないほどで、泣きじゃくる妹を必死に宥めながら救急隊の到着を待っていた、あの重苦しい時間だけ覚えている。

二度目は千賀さんだ。収録中、私はすぐ傍にいたにもかかわらず何もできなかった。情けなくも、母のことを思い出したら足が竦んでしまったのだ。

「今でも思い出すよ。信吾さんが倒れたって浅生が連絡くれた時のこと」

絢さんも同じように記憶を手繰り寄せていたようだ。

「あの時の浅生、すごくうろたえてたよね。電話越しだと何言ってるかすぐにわからないほどで……」

「なんて言っていいか考えつかなかったんです。絢さん、絶対驚くし悲しむだろうって思って」

あの日、絢さんは別の仕事で社外にいた。『あなたの旦那さんが倒れましたよ』なんて連絡を誰が貰いたがるだろうか。うちの父が血相を変えて病院へ駆けつけたように、絢さんもきっと悲痛な表情をするのだろうと思ったら、まだ幼い娘さんがうちの妹みたいに泣くのかもしれないと思ったら、もうどうしていいのかわからなかった。

「驚いたけど私、浅生が慌てふためいてたから冷静になれたところあったかも」

そう言って、絢さんは明るく笑う。

千賀さんが倒れたのは過労のせいで、実は搬送された後の方が大変だった。ウイルス性胃腸炎も発症していてご自宅や職場もあちこち消毒しなければいけなかったからだ。弱っていた折の感染で、千賀さんが職場に戻られるまでに一ヶ月以上も掛かったし、あれ以来ずいぶんと痩せてしまわれた。お酒も飲まなくなり、仕事もセーブするようになった千賀さんを見ていると、私は未だに胸が痛む。

でも絢さんは、もうあの頃のことを乗り越えてしまったようだ。

「だから気に病む必要はないんだよ」

私に向ける笑顔も晴れ晴れとしている。

「浅生がいてくれてよかったって、私も信吾さんも思ってるよ。倒れたら困るって思ってるのも同じ。だから今日は帰ったらちゃんとご飯食べて、しっかり寝て、明日はいつも通り出勤してきて」

その言葉に、私は今日、みんなから早く帰されることになった理由を察した。

私はまだ乗り越えられていない。母のことも、千賀さんの時のことも。そして今日の文山さんのことも――それがしっかり顔に出ていたのだろう。

「なるべく、頑張ります」

頷く私を、絢さんは肘でつついてくる。

「もっと前向きに。明日にはニュースになるだろうし、へこんでる暇ないよ。大丈夫、浅生ならやれる」

中央線で帰る絢さんとは新宿駅で別れ、私は小田急線に乗り込んだ。この時間は夜更けよりもずっと混みあっていたから、吊り輪をぎゅっと握り締めて町田まで帰った。

帰ったらご飯を食べて、早く寝よう。そして心配してくれたチルエイトのみんなの為に、明日はいつも通り元気に出勤しよう。絢さんの言う通り、明日からは絶対忙しくなる。へこんでいる暇も、過去を引きずって暗い気分になっている暇だってない。

その為に今日の夕飯は――自分で作ろうか。時短料理だ、気合があればすぐできる。

下北沢《しもきたざわ》駅を通り過ぎた時、車窓に映る自分の顔は思っていたよりも元気そうで、ほっとした。

絢さんが予言した通り、翌日の朝には文山さん急病のニュースが報じられた。

――文山遼生、収録中に突発性難聴で救急搬送　入院へ

そんな見出しがスポーツ紙の芸能面に掲載され、『マヨナカキッチン』を放送する局では朝のワイドショーでも取り上げたようだ。私が出勤した時には、先に来ていた千賀さんが電話応対に追われていた。

「文山さんが倒れた状況を詳しく聞きたいって」

電話を切った千賀さんが困り果てた顔をする。

「参ったな。いいニュースでもないことをぺらぺら喋りたくはないんだけど」

「『マヨナカキッチン』への取材なら大歓迎なんですけどね」

マスコミ業界の片隅に身を置く我々からすれば報道関係者も同業だ。だからその仕事にも理解を示したい気持ちはあるものの、こんな時ばかり、という思いが頭をもたげてくる

のも事実だった。

「それならいいニュースの時はもっと大々的に報じてほしいですね！」

古峰ちゃんは朝からご立腹で、不満げに訴えてくる。

「第二シーズンの発表は一面トップに載せてもらうとか、そのくらいの条件じゃないと応対する気になれないですよ！」

だけどあいにく、彼女の要望は叶わなかった。テレビ局側の要請で、『マヨナカキッチン』第二シーズンの発表も前倒しして、この報道と共に行うことになったのだ。最終回の収録に文山さんが間に合わない以上、サプライズ的に告知をしても視聴者は複雑だろうという判断だった。

昼前には文山さんがコメントを発表し、そちらもたちまちネットニュースに掲載された。

――文山がレギュラーとして出演する『文山遼生のマヨナカキッチン』は、来春にも第二シーズンが放送されることが決定していた。文山は所属事務所を通じ『ご迷惑をお掛けしております。今は治療に専念し、春には必ず戻って参ります。それまで待っていていただけると嬉しいです』とコメント。同番組は十二月に最終回を迎えるが、内容は未定。

「未定なのは仕方ないじゃないですか……」

ニュースに目を通した恵阪くんが拗ねている。

収録済みのロケパートはお蔵入りが決定し、これまでの未公開映像をまとめた総集編を最終回として放送する予定だ。ただまだ使える映像をピックアップする選定作業中であり、編集が終わるのはぎりぎりのタイミングになりそうだった。

最終回についてはもう一つ課題がある。

「文山さんの告知パートを使ってもいいものか、と思ってね」

チルエイトのあまり広くない会議室にて、緊急ミーティングが開かれた。出席者は千賀さん、土師さん、恵阪くん、そして私だ。議題は千賀さんが言った通り、昨日収録した第二シーズンの告知パートについてだった。

私もモニターチェックをさせてもらったけど、告知自体は確かによく撮れている。文山さんは撮影班の要望に対して百二十パーセントのパフォーマンスをしてくれたし、あの笑顔を見ればファンの皆様も喜んでくださるに違いなかった。ただあの映像が、文山さんが倒れる直前に撮られたものだという点が問題だ。

「別日に撮影したものならともかく、当日となればさすがに難しい。不謹慎だと感じる視聴者もいるかもしれない」

千賀さんの指摘に、土師さんが悔しそうな顔をする。

「あんなによく撮れているのに、ですか……」

「ぱっと見、体調不良とはわからないけどね。しかし先入観を持って見れば印象も変わるだろう。文山さんのちょっとした変化を病気の予兆として見られる可能性も考えれば、やはり放送はしづらいな」

「じゃあ、第二シーズンの告知はどうします？　テロップだけだとさすがに味気ないような……」

「しょうがない。総集編の最後にナレーション付きで入れ込むしかないだろ」

惠阪くんと土師さんが話し合うのを見つつ、せめて何か映える見せ方はないかと私も考える。その時、卓上に置いてあった社用のスマホが震えた。

発信元は向井さん――文山さんのマネージャーさんだ。

「向井さんです。ちょっと席を外します」

私はスマホを手に会議室を飛び出す。室内の空気がわずかに強張ったのを背中で感じたけど、悪いニュースではないと思いたかった。

『浅生さん、ご迷惑をお掛けしております』

向井さんからの電話はお詫びから始まった。声は昨日よりずっと落ち着いている。

「いいえ、とんでもないです。文山さんのご様子はいかがですか？」

『本人もまさか倒れるとは思っていなかったとのことで、ショックを受けているようです。ただ治療には前向きな様子ですし、快方に向かえばすぐ立ち直れるかと』

「そうですか……よかったです」

ひとまず安心してもよさそうだ。胸を撫で下ろす私に、向井さんは意外な言葉を続ける。

『本日ご連絡したのは、その文山の代役についてのご提案です』

「……代役、ですか？」

思わず、聞き返した。

『はい。マヨナカキッチンの収録に穴を開けてしまったのはこちらの責任ですし、チルエイト様もご対応に追われていることかと存じます。弊社の上の者とも話し合いまして、今回は文山の代役を立てる案はいかがかと……』

出演者の急病などに際し、代役を立てること自体はそう珍しくもない。制作側としても出演者なしで番組を作るよりはよほど楽だし、時にはその代役が上手く塡《は》まって、いい穴埋めができることもある。ただうちの番組は文山さんの名を冠しているから、下手な相手を立てるわけにもいかない。

「その、代役の方のお名前を伺ってもよろしいですか？」

そう尋ねると、向井さんはよどみなく答えた。

『弊社所属の郡野流伽と申します。文山と同じく、私の担当タレントです』

郡野流伽――つい最近聞いたばかりの名前だと、その時思った。合コンで出会ったフリルブラウスちゃんが言っていた人物だ。

向井さんのアクションは早く、通話を終えた直後に郡野流伽のプロフィールをメールで送ってくださった。

現在二十四歳。元々は子役タレントとしてCMやドラマなどに出演していたが、学業に専念したいと高校二年の時に一旦休業している。大学を卒業した去年から芸能界に復帰しており、ドラマや映画などでこつこつ実績を積んでいるようだ。

「郡野流伽か。テレビに戻って来たとは聞いていたけど……」

ミーティングの場に話を持ち帰ると、千賀さんはとても驚いていた。

いや、驚かないはずがない。私だって向井さんにはひとまず持ち帰りますと回答するのが精一杯だった。

「子役上がりなのは知ってたけど、昔とだいぶ印象違うな」

「俺、この子テレビで見たことありますよ。すごい美形に育ちましたよね」

ノートパソコンに映し出されたポートレートを見て、土師さんと恵阪くんが口々に感想を漏らす。

中性的なハンサムショート、なめらかで色白の頬、あどけなさの残る唇、髭が生えるところが全く想像できない細い顎。目はぱっちりとした二重で、涙袋もぷくっとふくらんでいる。写真では瞳の虹彩の色が薄く、どこか緑がかっても見える。

「確かに魅力的なタレントではあるけどね」

千賀さんもしげしげと彼を眺めた後、確かめるように私に尋ねた。

「一番大事なことをまだ聞けてない。彼は、料理はできるのか？」

私は向井さんから聞いた通りに答える。

「家庭科で調理実習をやって以来の挑戦だそうです」

「話にならないだろ」

土師さんが眉を顰めた。

でも、向井さんはどうしても郡野流伽で、と仰った。

「実は郡野さんには文山さんと浅からぬご縁があるそうです。子役時代に文山さん主演の映画で共演したことがあって、その時に文山さんにとても親切にしてもらったとのことで。過去にはプロフィールの『尊敬している人』にご両親と並べて文山さんの名を挙げていたこともあったそうです。今は消えてますけど」

「本気で尊敬してるなら消すなよ」

「まあ、判断としては正しいね。スキャンダルもあったし」

病に倒れた文山さんの為にと、同じ事務所の期待の若手がピンチヒッターとして立ち上がる。しかも彼はかつて共演した子役でもあった――というドラマチックな筋書きが用意されたわけだ。

それと、もう一つ。これを言ったらみんなはいい顔をしないだろうけど。

「向井さんによれば、既に事務所からテレビ局側には打診済みだそうです。あとはもう、うちさえよければという状況みたいで」

途端に惠阪くんが天井を仰ぎ、土師さんは苦虫を嚙み潰した顔になる。

「あー……事後承諾って段階なんすね、もう」

「なんだよそれ。うちが一番最後かよ」

千賀さんは、諦念交じりの深い溜息をついた。

「それじゃ受けないわけにいかないいな。うちが難色を示したところで、局側から同じ打診が来るだけだ」

制作会社は結局、テレビ局の下請けだ。クライアントが決めたことには逆らえないし、断るという選択肢があるはずもない。

事務所が郡野さんをそこまで売り出したい理由はまだわからないけど、私たちは『マヨナカキッチン』の最終回を彼で撮るしかないのだった。

状況はにわかに慌ただしくなった。

私たちは作りかけだった総集編を放棄せざるを得なくなり、代わりに郡野さんのスタジオ収録がスケジュールにねじ込まれた。日程の調整、機材の手配、編集の準備などで現場はてんてこまいだ。収録日は十一月の最後の土曜日に決まり、私が取る予定だった月曜日の有休も雲散霧消した。

「本当にごめん！　休めなくなっちゃって……」

　華絵たちとの約束も反故《ほご》になり、私は電話で平謝りだ。もっとも妹も事情は既にニュースで知っており、ある程度予感はしていたらしい。宥めるように言ってくれた。

『気にしなくていいよ、お姉ちゃんも大変なんだし。智也ともきっと延期になるねって話してたんだ』

「約束してたのにね……飯島くんにも謝っておいてくれる？」

『謝る必要ないって。それよりもお姉ちゃんが心配だよ、忙しいからって無理しすぎないでね』

　文山さん入院の第一報が流れた日、華絵は私を案じるメッセージを送ってくれている。同期の友人や歴代彼氏とすら音信不通になりがちな私に、連絡をくれては気に掛けてくれるよくできた妹だ。不肖の姉としては、婚約のお祝いさえ満足にできていないことがひたすら歯がゆかった。

『文山さん、チルエイトでの収録中に倒れたんでしょ？　大丈夫だった？　文山さんもそうだけど、お姉ちゃんたちもびっくりしただろうし』

「さすがに当日はてんやわんやだったよ。今はもう通常営業だけど」

　私は華絵にその時の経緯を聞かせたくない。今は幸せいっぱいの彼女に母のことを思い出させたくないからだ。

通常営業というのも半分くらいは嘘で、今でも十分てんやわんやしている。でもこれ以上心配させたくないので、それも黙っておくことにした。

「落ち着いたらまた連絡するね。次こそは絶対お祝いするから！」

『ありがとう。でもね、気持ちだけでも十分だから』

「え……何言ってんの、それだけじゃ足りないよ」

『お姉ちゃんには昔から私の学校行事の時とか、風邪引いた時とかにお仕事休んでもらってたでしょ？　疲れて帰ってきた時だってすぐに美味しいご飯も作ってくれた。あの頃はいっぱい迷惑掛けたよね。私ももう大人なんだし、もう迷惑は掛けたくないよ』

妹の声がほんの少し、真剣さを帯びたように聞こえた。

「迷惑なんてこと全然ない。大切な妹のことだもん」

すかさず否定した私に、彼女は更に熱っぽく続ける。

『ううん。これから結婚するっていう人間が、いつまでもきょうだいに甘えてられないよ。私も家を出たんだし、これ以上お姉ちゃんの負担になりたくない。だから無理しないで』

強い口調で語られる華絵の思いを聞いて、私は今更気づいた。

血の繋がった大切な妹であることは変わりないけど、立派に独り立ちしている一人の人間だ。もうあれこれ世話を焼いてあげる必要も、守ってあげる必要だってない。彼女には、新たな家族となる相手だって既にいるのだ。

とっくにわかりきっていたことだったのに、なぜだか急に鼻の奥がつんとした。嬉しいような、だけどすごく寂しいような気持ちが込み上げてきて、私は大きく息をつく。

「……そっか。ありがとね、華絵」

でも、まだ泣けない。華絵の結婚式当日までは何があっても泣きたくなかった。だから次の言葉は胸を張って告げる。

「結婚式は絶対出るからね！　あとやっぱ、式前にも一回は会いたい！　年末年始で都合つけられないかな？」

『年末は実家帰ろうと思ってたんだ。お姉ちゃんも帰って来れる？』

それも悪くないか。妹の結婚話で喜ぶ父の姿も見たい。

少し先の約束をした後で電話を切る。

置いて行かれちゃったな、私。

こういう時、泣きたくなるような気持ちを共有してくれる家族が欲しい。誰かに、傍にいてもらいたい。

でも今は仕事が忙しく、そんな考えの実現に向けて動く余裕もなくなるだろう。暇ができたら本気で婚活しよう――とりあえず今は、次の収録が最優先だけど。

収録が行われる当日、向井さんは郡野さんを伴いチルエイトにやって来た。

まずは打ち合わせだ。会社自慢のあまり広くない控室を訪ねると、ソファーに腰かけていた郡野さんがすっと立ち上がる。

「あ、座っていただいたままで結構ですよ。本番前ですし」

千賀さんにそう言われて、郡野さんは目を見開き逡巡するそぶりを見せた。とはいえ初めての現場ではそこの流儀に従うべきと思ったか、恐縮しながら座り直す。

「では、失礼します」

顔合わせをする日程的余裕がなかったので、私もこの時初めて郡野さんにお会いした。プロフィール写真よりもさらにきれいな人だと思った。間近で見ると透き通った肌はシミも傷も何もなく、厚めの前髪の下の瞳はやはり色素が薄くて、微かに緑がかっているように見えた。この目にじっと見つめられたら、私だって言葉が出なくなりそうだ。

ソファーに浅く座った郡野さんは背筋を真っ直ぐ伸ばしている。爪先はぴたりと揃っていたし、膝の上の手は指先まで注意を払うように美しく置かれていた。子役時代によほど厳しく教えられたのだろうか、その行儀のよさはさながら本物の王子様のようだ。

スタッフを紹介し、収録の段取りについて説明する。控室には千賀さんと私の他、撮影班も全員いたので、紹介と言っても手早く役職と名前くらいだ。それでも郡野さんは一人ひとりの顔を記憶するようにしっかりと眺め、熱心に頷きながら聞き入ってくれた。

今回の撮影では郡野さんに調理パートを実演していただく。もちろん文山さんほどのスキルはないと伺っているから、一発撮りは難しく、各工程を少しずつ撮り進めていくことになっていた。

「今回はシーンごとで撮りますので、あまり気負わず臨んでいただければ」

土師さんの言葉は郡野さんの料理経験を踏まえてのことだろう。

「ご配慮くださりありがとうございます」

郡野さんは微笑んで頭を下げた。

「これまでの『マヨナカキッチン』は全て拝見しています。文山さんの料理の腕を余すことなく映していて、見ていて楽しかったです」

ありがとうございますと土師さんが愛想笑いを浮かべるのに対し、郡野さんは無垢《むく》な口ぶりで応じる。

「私は料理にまだ不慣れなので手元カメラが勉強になりました。パスタの回で、醤油の水分が飛ぶまで炒める方法や、アクアパッツァの魚に塩を振って、拭き取る流れはすごく役に立ちました。あとはパンケーキのタネの流し方も、文山さんの真似をしてみたんです」

——お世辞ではないな、と思った。

多少なりとも料理をする人間にとって、気になるポイントをちゃんと押さえていた。しかも郡野さんは実際に料理を作ってみているようだ。

今の言葉で控室の空気が少し変わった。古峰ちゃんは驚きで小さく口を開けていたし、恵阪くんなんてもっと顕著に嬉しそうな顔をする。土師さんですらいくらか表情を和らげて、先程より嬉しそうな笑みを浮かべた。

「そこまで見ていただいてるなんて、こちらとしてもやりやすくて助かります」

打ち合わせの後、スタジオに移動して収録準備を始める。

ブラウンのコックコート姿の郡野さんが、煌々と点るライトに照らされたキッチンセットの前に立つ。古峰ちゃんがその胸元にピンマイクを付けながら、笑顔で話しかけているのが聞こえてきた。

「私、向こうからカンペを出しますね。『見てる感』とかはしっかり編集するんで、気にしないでどんどん見てください！」

「ありがたいです。カンペがあると安心できますから。頼りにしております、古峰さん」

「あ……名前覚えてくださって、ありがとうございます」

はにかむ古峰ちゃんを見て、私も驚いた。たった一度の自己紹介でスタッフの名前を覚えてくださるなんて。大勢の人と接するタレントさんは、プロデューサーやディレクターの名前までは覚えられても、その下の人たちまでは頭が回らない場合も多い。文山さんがそうだったように――比べてはいけないと思いつつ、違いが手に取るようにわかる。

「それでは収録を始めます！」

恵阪くんが号令を掛け、郡野さんは私たちスタッフに向かって一度、深々と頭を下げた。

『マヨナカキッチン』第一シーズンの最終回だ。できることなら最後まで文山さんをお迎えして撮りたかったという思いはある。だけどそれが叶わなかった以上、せめていいものを撮りたい。少なくとも郡野さんは、私たちのその想いにも応えようとしてくれている。

「本番十秒前！」

土師さんが片手を挙げた。いつものように三秒前からは声を出さず、手だけで合図する。
三、二、一、キュー。
来島さんが構えるカメラに向かって、郡野さんが笑った。

「皆さんこんばんは。『文山遼生のマヨナカキッチン』のお時間です。初めまして、郡野流伽です。本日はお休み中の文山さんに代わり、僕が文山さんのスペシャルレシピを元にお料理をします。文山さんが僕でも作れると太鼓判を押してくれたメニューは『鶏がらスープの簡単フォー』です」

美しい笑みを浮かべ、彼は手を振ってみせる。

「文山さん、見てますか？　頑張って作りますので元気になったらごちそうさせてください！」

カメラ越しに、『尊敬する人』にそう語りかけた。

文山さんは郡野さんの言葉をどんな思いで聞くだろう。そもそも彼は自分が出られなくなった最終回を見てくれるだろうか。わからないけど——急に少し、胸が痛んだ。

郡野さんの料理の腕は確かに初心者といっても差し支えなかった。でも手つきは丁寧で、控室のソファーに座っていた時と同じように指の先端まで注意を払っているのがわかる。

「まずはお湯を沸かして、すりおろしたニンニクと刻みショウガを入れて鶏胸肉を茹でておきます。この茹でたお湯をスープにするので、絶対に捨てちゃダメだって文山さんが言ってました」

彼の手元には既に茹で上がった鶏胸肉が用意されていた。包丁をしっかりと握って、慎重に、だけど確実に鶏肉を切り開いていく。そぎ切りの丁寧さはむしろカメラ越しには見やすく、わかりやすく映るかもしれない。

「お肉、切れました！」

郡野さんは嬉しそうに報告した後、次の工程に移る。

「スープに調味料を入れて仕上げます。鶏がらスープの素と、お醤油と、お砂糖もちょっとだけ入れます」

全ての調味料を計量スプーンで慎重に量りながら入れる姿はいっそ初々《ういうい》しいほどだ。ただその初心者ぶりとは裏腹に、彼はスプーンになみなみと注いだ調味料を一度として零すことはなかった。これも、練習してきたのだろうか。

「そしてフォーと言えばパクチー！　文山さんからは『お好きな方だけ入れてください』とのことですが、僕は大好きなのでいっぱい入れちゃいますね」

丁寧に刻んだパクチーをスープに入れ、鍋をかき混ぜてから味見をする。

「……うん。美味しくできてます」

あどけない口元に小皿を近づけて傾ける仕種が上品で、伏せられた長い睫毛の影がモニターに映り込むと、外国の古い名画のようだとさえ思う。

郡野流伽。こんなにきれいで画になる人が、この世界にいるなんて。

文山さんに比べると、郡野さんはまだ少年期を抜けきっていないような華奢な身体つきだ。そのせいでコックコートは新しいものを用意しなければならず、私は軽い気持ちでブラウンを選んだ。文山さんと違うカラーの方が特別感が出るだろうと思って——でもそのブラウンが郡野さんの色の白さを引き立て、一層画面映えさせている。

コンクリートグレーのキッチンセットに立つ郡野さんは、すっかりこの場を自分のものにしてしまっていた。まるでずっと前からいたみたいに。

「肝心のフォーは、このスープで茹でます。文山さんのアドバイスで、事前に水で戻しておいたフォーです」

ボウルに湛えられた水の中で、まだ茹でる前の白いフォーがたゆたっている。その水をザルで切る郡野さんの手元にカメラがフォーカスした。文山さんの大理石のような手とはまた違う、少年らしさがわずかに残った繊細な手だ。長く細い指の関節はあまり目立たず、血管もうっすら透けて見えている。

「茹でている間にレモンも切っておきましょう。輪切りにして最後の仕上げに、麺の上に載せるんです」

その手が今度はまた包丁を握り、ころころとしたレモンを切り始める。切りにくい食材のはずなのに危なげのない手つきだ。本当に、何もかもそつなく見せてくれる。

収録を見守る私の隣に、いつの間にか千賀さんが立っていた。

千賀さんの目は、郡野さんを一心に見つめていた。

昔よりも痩せてしまった千賀さんは、いつも優しそうな顔をしている。

でも今、郡野さんを見据える千賀さんは、鋭い眼差しでキッチンセットを捉え、コンマ一秒の画すら逃さぬように瞬きを止めていた。千賀さんのこんな顔を見たのはずいぶん久し振りだった。

千賀さんの視線の先にいるのは、本物のスターなのかもしれない。

そんな予感を、私もふと抱いていた。

郡野流伽を代役として迎えた『マヨナカキッチン』最終回は、予定通り十二月に放送された。最終回の平均視聴率は四・八パーセント。これまでで最高の数字だった。

第六話

十二月、鶏がらスープの春雨フォー

年末はどこの企業も忙しいし、テレビ業界も例外ではない。年末年始の特番編成や年が明けて一月期からの新番組もあり、この時期は仕事量がどっと増える。チルエイトにも一応お正月休みはあるから、みんなそれだけは死守しようと年末進行に更に仕事を詰め込むのも慌ただしくなる理由の一つだ。

それでも今年はいつもと雰囲気が違っていた。『マヨナカキッチン』第一シーズン最終回の放送直後、テレビ局には問い合わせが殺到したそうだ。その内容は、『郡野流伽が出演した回をもう一度放送して欲しい』というものだった。

「大絶賛だったそうだよ、あの回は」

千賀さんはいつにも増して上機嫌だ。最終回の収録以降、特にいきいきしているように見える。軽快な足取りでオフィス内を歩き回りながら、興奮気味に社員に語りかけていた。

「あまりにも問い合わせが多いから局側も再放送を考えているらしい。ちょうど年始だし、空いた枠に入れるにもちょうどいい。何よりニーズがあるんだからな」

「放送前から注目も集まってましたしね」

私はそんな千賀さんを目で追いつつ、頷く。

文山さんの急病が報じられてからの代役決定、それが彼を慕う事務所の後輩ということで、放送前の話題性は高くなっていた。若手の実力派俳優として売り出し中だった郡野さんの注目度も加わり、恐らく新規の視聴者がどっと増えたのだろう。最終回の放送中はSNSのトレンド上位入りも果たしている。

視聴者からは、千賀さんの言う通り絶賛の嵐だった。郡野さんのファンたちは彼の堂々たる立ち振る舞いを褒めていたし、当番組で彼を初めて見た人もすっかり魅了されてしまったようだ。料理初心者の彼がひたむきに調理をする姿も、番組のメインターゲットであるF1層に好評だった。放送後に流れてきた感想も郡野さんに対するものばかりで『もっと見たい』『またゲストとして来て欲しい』『彼の冠番組もぜひ』と好感触だ。

もちろん『マヨナカキッチン』は文山さんの番組であり、番組へのご意見の中には最終回こそ彼を見たかったという声もなくはなかった。だけどそんなファンの思いすら飲み込むほどの反響が私たちのところへ押し寄せてきている。

「僕としても、郡野さんとはまた仕事をしてみたい」

千賀さんもたびたび、その名前を口にしていた。

「彼にはスター性がある。何をしていても画になる人間なんて、芸能界にもそうそういないぞ。またご一緒できる機会があったらいいんだが」

熱を帯びた言葉が本音だとわかり、私は何も言えなくなる。

あの収録以来、千賀さんはまるで消えかけていた炎が再び点ったようだった。その火をつけたのは、間違いなく郡野さんだ。

絢さんが厳しく釘を刺しているからまた過労で倒れることはないだろうし、私としてもかつての厳しくも頼もしい千賀さんを見られるのは嬉しかった。

でも一方で、千賀さんと撮影班の間には意識の差が生じつつあるのも事実だ。

「なんだ、浮かない顔してるな。いい数字が出たっていうのに」

千賀さんにそう声を掛けられ、机に向かっていた土師さんが面を上げる。指摘の通り、その顔には複雑そうな苦笑が滲んでいた。

「いい数字といっても話題性込みですからね。文山さんのご病気があっての結果と思うと、手放しで喜ぶのは抵抗ありますよ」

恵阪くんも困ったような顔で、言葉を選びながら言った。

「やっぱうちの番組って文山さんがメインですし、あの方抜きでってのはちょっと不本意なんですよね。第二シーズンではもっと超えていきたいですね！」

私も二人と同じ思いだ。郡野さんが悪いわけではないけど、この数字が文山さんで出せたらもっと素直に喜べただろう。

古峰ちゃんはさらに不安も覚えていたようだ。

「千賀さん、第二シーズンは郡野さんのマヨナカキッチンで行こう、とか言い出さないですよね？」

ロッカールームで二人になった時、こっそりと聞かれた。

「まさか、そこまではないと思うけど……」

企画自体はチルエイトから出しているものの、テレビ局側の許可がなければ通らないのが番組制作だ。仮に千賀さんが要望したところで、向こうがそれをよしとしなければ叶うはずもない。

ただ、テレビ局側が言い出した場合なら話は別だ。

あの最終回の代役の件はチルエイトに回ってくるより先に、局側と向井さんたちとでほぼ決まってしまっていた。同じことが起こらないとは言い切れない。

「私も、郡野さんは数字が取れるタレントさんだと思うんですよ」

表情から私の胸中を察してもしたのか、古峰ちゃんは肩を落としながら呟く。

「収録の時も一度で私の名前覚えてくださって嬉しかったですし、一緒にお仕事したらファンになっちゃうかもなって思ったんです。好感度だけならぶっちゃけ文山さんよりも郡野さんの方が高いですけど……」

歯に衣着せぬ正直さで、でも必死に訴えてきた。

「けど、私たちって今まで文山さんの為に頑張ってきたじゃないですか。私がネットの書き込み集めてきたのだって、なんとか番組を盛り上げようと思ったからです。それが今回の高評価で、やってきたこと全部無駄になったような気がしてきちゃって」

「気持ちは、すごくわかるよ」

郡野さんだけが高視聴率に貢献したわけではないとしても、私たちがこれまで積み重ねてきた努力を軽く飛び越えるような数字が出ている。文山さんと一緒にお茶会を開くまでに至れた時は本当に嬉しかった。番組をよりよいものにしようと、あの場にいた誰もが思ったはずだ。

気になることがもう一つある。入院されて以降、私たちは誰も文山さんと顔を合わせていなかった。千賀さんが一度お見舞いを申し出たそうだけど、向井さんを通してやんわりと断られていたそうだ。

その話をしたら、古峰ちゃんはますます顔を曇らせた。

「文山さん、どう思われてますかね……」

「わからない。けど収録が再開したら、気分よくお仕事していただけるよう努めようね」

第二シーズンの収録は年明け以降に始まる。文山さんがやりづらいと思われたり、劣等感を覚えるようなことだけは避けたい。

「私も頑張ります」

古峰ちゃんは決意もあらわに頷いてくれた。

だけど残念なことに、私の密かな懸念は見事に的中してしまった。

年末進行に追われる十二月下旬、テレビ局から『マヨナカキッチン』第二シーズンについての正式な企画書が送られてきた。それによれば第二シーズンは郡野流伽をメインに据え、文山遼生を共演者という形で起用していきたいとのことだ。

「局側でもぜひ郡野さんで、ということでね」

チルエイトでも緊急会議が行われ、千賀さんはやる気に満ちた表情で切り出す。

「やはり第一シーズンの最終回の大評判が決め手だ。視聴者からまた彼を見たいという意見が多かった。さらに、初心者の郡野さんが手探りで料理をする様子がいいという声もあってね。第二シーズンでは普段料理をあまりしない人に『作ってみたい』と思わせるようにアプローチしていく、という企画だ」

その話に耳を傾けながらも、十師さんの表情はやや硬く、無言で千賀さんを見つめている。恵阪くんは目に見えて戸惑った様子で、私にそっと視線を送ってきた。

私は千賀さんに聞こえないように息をつく。

単にメインの出演者が変わるだけの話ではなかった。従来の番組のコンセプトは文山さんの料理の腕前を見せるものだ。これまでにも視聴者の要望を汲んで実食パートを入れたり、寄りの映像を多用したりと文山さんを身近に感じてもらえるような演出はしてきたけれど、それでも基本の調理工程が変わることはなかった。

だけど郡野さんをメインに据えれば、その工程もおのずと変わる。第二シーズンを迎えるにあたり『マヨナカキッチン』は岐路《きろ》に立たされることになりそうだ。

「向井さんからも連絡が来てたんだったな？」

千賀さんに問われて、私は正直に報告する。

「はい。先方も、ぜひ郡野さんを使って欲しいと……。子役のイメージを払拭して少し大人の印象を持たせたいと、深夜帯での番組や、恋愛ドラマなどの出演を検討していたらしいんです。『マヨナカキッチン』のオファーは渡りに船だと仰っていました。文山さんにも了承を得ていて、第二シーズンからは共演者で、とのことでした」

そこまで話すと、恵阪くんがおずおずと口を開く。

「本当に、文山さんはいいって仰ったんですか？」

「……向井さんはそう言ってたよ」

私は直接タレントさんと交渉するわけではないから、実際に文山さんがどう思われたかまでは知ることができない。

「ご納得いただけたなら、いいんですけど」

恵阪くんも何か言いたげに視線を彷徨《さまよ》わせたものの、その後は押し黙ってしまった。

「タイトルはどうなるんです？」

土師さんは千賀さんに向かって尋ねる。

「メインに郡野さんを据えるってことは、もう『文山遼生のマヨナカキッチン』ではなくなるんですよね？」

「ああ、それなら」

すかさず千賀さんは頷き、当然だと言いたげに答えた。

「第二シーズンは『郡野流伽のマヨナカキッチン』でいこうという話になっている」

会議室の空気がその瞬間、すっと冷え込んだようだ。

もちろん私も予期していた。メイン出演者が変わるということは、そういうことだ。でも、いざ聞くと心が受け付けず、思わず声を上げてしまう。

「文山さんの名前を外すんですか？」

「それは仕方ないだろう。シーズンの変わり目なら不自然でもないし、文山さんには主にアドバイザーという立ち位置で参加していただくことになるからな」

千賀さんの説明では、料理をメインに行うのは郡野さんで、文山さんはその補佐に回る。材料を購入するロケなども郡野さんが担当し、あくまでも調理パートの見守り役、アドバイスを送る先輩として文山さんにご出演いただくそうだ。

「でも、第二シーズンもレシピは文山さんに考えていただくんですよね？」

「もちろんそうだよ。画面映えして郡野さんにも作りやすいメニューを考えていただくことになった」

「それならタイトルに文山さんのお名前もあった方がいいのでは？　番組への貢献度という点では文山さんだって大きいですし」

　私が反論すると、千賀さんは目を瞬かせる。

「タイトルはメイン出演者を優先すべきだろう。当然、スタッフロールにはレシピ提供者としても文山さんのお名前を載せるし、それで十分だと僕は思うけど」

「『マヨナカキッチン』は文山さんの冠番組として始まったんです。文山さんが出演しなければそもそも成立しなかったことを踏まえれば、お名前を消してしまうのはあんまりかと」

　文山さんがいてくれたからこそ第二シーズンもあったわけだし、フードコーディネーターさんが絶賛するほど本格的なレシピを全放送回分考えてくださったことも決して無視はできない。

「せめて、お二人の名前をタイトルにするわけにはいきませんか？」

　私の提案に、土師さんと恵阪くんがそれぞれ目を向けてくる。

　千賀さんは真っ直ぐに私を見つめ、窘《たしな》めるように答える。

「浅生、君の主張はわからなくもないが、局側の許可が出なければ動かしようがない。向こうはぜひ郡野さんでと言っているんだし、僕らの要望なんて通るかどうか」

「ですが――」

食い下がりたかったけど、反論の材料がもう見つからない。

わかってはいる。うちはしょせん下請け、テレビ局が決めたことを覆すのは難しい。

でも、こんなの、あまりにも悲しすぎる。私が諦めの溜息をついた時だ。

「千賀さん、浅生の言うことも一理あります」

意を決したように、土師さんが割って入った。

「郡野さんには確かに数字を取る力がありますが、文山さん単独でも三パーセント台は出せてたんです。最終回の反響もこれまでの文山さんのご活躍あってこそでしょう。これで文山さんから冠番組を取り上げる形になるのは、さすがに惨《むご》いと俺も思います」

千賀さんはわずかに目を見開いた後、小首を傾げて聞き返す。

「……土師も、タイトルに文山さんの名前を残した方がいいって言うのか？」

「はい。もちろんうちの主張が通るかどうかはわかりませんが、申し出るだけ申し出てみましょう。第二シーズンも文山さんと気持ちよく仕事をする為でもあります」

現場を指揮するディレクターの意見には感じ入るところがあったのか、しばし黙考した後、千賀さんは納得したように肩を竦めた。

「わかった。君たちがそこまで言うなら、伝えるだけ伝えてみよう」

その言葉に、私は密かに胸を撫で下ろす。

とりあえず譲れない一線だけは主張できそうだ。叶う保証はないけど、何も言わないよりはずっといい。

「じゃあ早速、報告をまとめてくるよ」

そう言って会議室を出ていこうとした千賀さんは、ドアを開けた瞬間、はっとしたように身を引く。だがそのまま無言で退出し、開けっ放しだったドアの隙間から転がり出るように、入れ替わりで古峰ちゃんが現れた。

「今の話、どうなりました？」

彼女はとても心配そうに、残されていた私たち三人の顔を見回した。

「聞いてたのか？」

土師さんが呆れたように笑うと、古峰ちゃんはきゅっと眉を吊り上げる。

「聞きますよ！　だってなんなんですか、『郡野流伽のマヨナカキッチン』って！」

「一応、まだ本決まりではないんだ」

私は現状を古峰ちゃんにも説明する。

「酷すぎますよ……私たち、文山さんの為に頑張ってきたんですよ！　『文山遼生のマヨナカキッチン』をいい番組にしようって、その為にみんなでムカついたりへとへとになったりしながらずっとやってきたんでしょう!!」

彼女の言葉は私にも強く刺さった。

本当に。同じことを、私だって思っている。でも――。

土師さんはそれに反論しようとしてか、口を開きかける。

「仕方ないんだよ、古峰」

普段の前向きさが影を潜め、代わりにどこか辛そうな顔をした惠阪くんが、冷めた口調で続けた。

「俺たちは下請けなんだ。テレビ局が決めたことなら従うしかない」

たちまち古峰ちゃんは顔を背け、怒りを滲ませながら叫んだ。

「無理です。私、納得しませんから！」

会議室を勢いよく飛び出していく。瞬間の表情は見えず、結んだ髪が空を切るように揺れたのだけが見えた。

すぐに惠阪くんも席を立ち、私と土師さんに向かって頭を下げる。

「すみません。俺、古峰のフォローしてきます」

彼もまた足早に会議室を出ていき、ドアがゆっくりと閉まった。重苦しい空気の中に閉じ込められた気分になる。

私はなかなか立ち上がれなかった。まだ他に仕事もあるし、気持ちだって切り替えなくてはならないのに、どっと疲れてしまって動けない。

「古峰は若いよな。ああやって、どうにもならないことにも怒れる気力がまだあるんだもんな」

もう一人残っていた土師さんが、他人事《ひとごと》みたいにぼやく。

確かに、私にも怒る気力は全くない。

私は、もっと希望を持たせてあげたかった。先輩として古峰ちゃんにも恵阪くんにも、この仕事の楽しさや報われた瞬間を味わって欲しかった。なのに今や、あるのは理不尽さや諦めの気持ちばかりだ。二人とも今日までいろんな悩みはありつつも真面目に仕事に打ち込んでくれていたのに、一緒に飲んだりご飯を食べた時には、あんなに目を輝かせて仕事の話をしてくれたのに、今日はさぞかしがっかりさせてしまったことだろう。

せめて、タイトル変更の件だけでも汲んでもらえたら――それすらなくなってしまったら私たちの士気にもかかわるだろう。

「さっきはありがとう、加勢してくれて」

お礼を言うと、土師さんは小さくかぶりを振る。

「別にいい。俺が援護射撃したところで、上手くいくとは限らないんだし」

「でも、少なくとも千賀さんの気持ちは変わったよ」

彼の表情はにわかに曇った。

「千賀さんがあんなにやる気になってるとこ、久々に見たな。もっと一緒に喜べる案件だったらよかったのに」

同じことを私も思っている。どうせなら昔のような千賀さんと、楽しい気持ちで仕事がしたかった。

「考えてみれば、千賀さんだってまだ若いよな」

ふいに土師さんがそう言って、眼鏡越しに私を見やる。

「浅生、前に言ってたな。文山さんのこと、『ここで終わっていい人じゃない』って」

編集明けの朝に一緒に帰った時のことだ。私が顎を引くと、土師さんは険しい顔つきで続けた。

「それは千賀さんだって同じだ。千賀さんも、こんなところで終わっていい人じゃない。あの人にはまだまだ活躍の場があるはずだ」

「……わかってる」

私たちが千賀さんのキャリアを阻害する存在であってはならない。

「そして俺たちもそうだ。ここで終わってたまるか」

少しだけためらうような間を置いて、それでもきっぱりと言われた。

「浅生、覚悟を決めてくれ。俺たちはこの仕事を最後までやるしかないんだ」


テレビ局側との何度かの協議の末、『マヨナカキッチン』第二シーズンのタイトルは一旦仮題で、ということになった。

郡野さんがメインという点は変わらないものの、文山さんの名前を完全になくしてしまうと第一シーズンでの視聴者を振り落としてしまうことにもなりかねない——と粘り強く訴えたのが功を奏したようだ。かといって『郡野流伽と文山遼生のマヨナカキッチン』では長すぎるので、現在のところは『マヨナカキッチン（仮）』で企画を進めている。


十二月二十四日、年の瀬も押し詰まって一層慌ただしさを増したクリスマスイブに、郡野さんと文山さん、マネージャーの向井さんがチルエイトにやってきた。第二シーズンを迎えるにあたっての打ち合わせを行う為だ。

「またご一緒できてとても嬉しいです。ありがとうございます」

郡野さんの行儀のいい座り方は変わらず、今日も王子様然としていた。

「文山さんと一緒に仕事ができるのも光栄です。よろしくお願いいたしますね！」

隣に座る文山さんに顔を向け、屈託なく頭を下げてみせる。

「ああ、よろしく」

後輩相手だからか、文山さんは敬語が外れたフランクな口調で応じた。口元には優しげな笑みも浮かんでいて、打ち合わせの場は思いのほか和やかな空気に包まれている。

文山さんとは今日、入院して以来初めて顔を合わせた。少し痩せてしまわれたようにも見えたけど、顔色はよく、お元気そうだ。

「俺も人に教えながら料理をするのは初めてだから、流伽に教わることもたくさんありそうだ」

「そんな、文山さんに教えることなんて……」

謙遜するようにはにかむ郡野さんを見て、お二人の背後に立つ向井さんがほっとした表情を見せた。もちろん私も同じ思いだ。

「早くもチームワークができあがっていて素晴らしいですね。第二シーズンではお二人での共同作業が主になってきますから」

千賀さんも嬉しそうに言い、それを引き継いで土師さんが続ける。

「スタジオでの調理パートは郡野さんと文山さんの掛け合いも重要になります。お一人の時とはまた撮り方も変わるかと思いますが、まずは楽しくやっていければと」

すると郡野さんが上品に頷いた。

「以前もお世話になりましたし、チルエイトの皆様となら安心して撮影に臨めます」

私はこっそりと文山さんの様子を窺う。

文山さんが郡野さんへ向ける視線はなんとも言えず、寂しそうにも映った。

打ち合わせはつつがなく終わり、郡野さんは向井さんを伴い次の仕事へ飛んでいった。

『マヨナカキッチン』出演の反響があったからなのか、この年末はあちこちの特番に引っ張りだこだそうだ。年明け以降の撮影スケジュールもタイトになりそうだ。

「では浅生さん、よいお年を。来年の再放送、楽しみに拝見しますね」

帰り際にタクシーに乗り込む郡野さんをお見送りすると、決まったばかりの再放送の件にまで触れてくれて、なんというか、隙がないなと思った。

郡野さんを見送った後、私はまだ控室にいる文山さんの元へ向かう。文山さんはもうお帰りになるだけらしいので、失礼ながら後回しにさせてもらったのだ。そんなやむを得ない対応にいくらかの後ろめたさも覚えつつ、私は控室に立ち入った。

「文山さんも、お車お呼びしましょうか？」

ソファーに座っていた文山さんは、気だるそうに頬杖をついている。こちらを見ることはなく、ただその視線を控室の壁に彷徨わせ、心ここにあらずといった様子だった。

「……文山さん？」

もう一度呼びかけるとようやく、億劫そうにこちらを見上げる。

「ご気分が優れませんか？」

私の問いかけに首を竦めた後、文山さんは辺りに響くような溜息をつく。

「なんだかすっかり郡野のものですよね。この番組も、スタッフの皆さんの関心も。いい気分はしませんよ」

恨めしげな物言いに、私はぎょっとした。

「そんな――そんなことないですよ」

「そうでしょうか。『マヨナカキッチン』はもう郡野がメインじゃないですか。俺が細々やり続けてようやく取れた数字を、あいつは軽く飛び越えていったんでしょう。どんな顔して一緒に仕事しろっていうんですか」

　鋭いトゲのような言葉が耳に痛い。

　私が反応に困ったからか、文山さんは取り繕うように苦笑した。

「いや、チルエイトさんに言っても仕方ないですよね」

　それはそうだ。うちはただの下請けで、企画を提案する権利はあっても最終的に決めるのはテレビ局だ。私たちがどんなに頑張ったところでこの結果を防ぐことはできなかった。

　でも我々だって決して手をこまねいているわけではない。

「うちでも文山さんのご功績をアピールしているところなんです。局側もそれは把握済みで、タイトルにお二人の名前を併記する案もあって……」

　そこまで話すと、文山さんはうんざりした様子で目を伏せる。

「頼んでないですよ、そんなこと。向こうからは求められてないのに無理にねじ込んだりしたら、かえって惨めになるじゃないですか」

「求められてないなんて……文山さんだって大切な出演者ですよ。文山さんがいらっしゃらないと、郡野さんはお料理を作れないんですから」

「別に俺なんかいなくてもいいでしょう。レシピを考えられる人材ならいくらでもいるんですから」

「そんなこと仰らないでください。文山さんあっての『マヨナカキッチン』です」

しかし、返ってきたのは疑わしげな眼差しだ。ソファーからじっとこちらを見上げる文山さんは、卑下するような笑みを浮かべる。

「俺だって役者を続ける理由はないんですから。どうせこれ以外に仕事もないんですし、辞めてもいいくらいだ」

吐き捨てるような口調で言われて、愕然《がくぜん》とした。

「何を仰るんですか」

辞めるなんて——思わず固まった私に、文山さんは尚も続ける。

「浅生さんもご存じでしょう。俺は出涸《でが》らしみたいな役者なんですよ。テレビからも映画からもお呼びがかからず、ようやくありつけた仕事ですら期待の若手にかっさらわれる。これ以上延命措置したって無駄ですって」

なんてことを言うんだろう、この人は。

かっと、胃の底が熱くなるのがわかる。堪えていないと立っていられなくなりそうだった。

「本気で、仰ってるんですか」

慎重に確かめると、文山さんはさも名案が浮かんだというようにしたり顔になる。

「本気にしてもいいかもしれませんね。何の前触れもなく辞めたらさしものマスコミ各社も驚くでしょうし、事務所も多少は困るんじゃないですか。まあ、どうせ俺がいなくても前みたいに番組は回るんでしょうけど」

私は昔、この人のことが好きだった。

テレビ画面越しに、憧れの気持ちで見ていた。スキャンダルが報じられた時も、まだ終わってほしくはないと思っていた。だからこそ仕事のオファーを出したのに。

いろんな記憶が一瞬で胸を駆け抜けていき、最後に残ったのは、怒りだ。

自分史上最大かもしれない大声が出た。

「勝手なことばかり言わないでください！　私たちはこれでも文山さんにいいお仕事をしていただきたくて頑張ってきたんです！　文山さんなしでは『マヨナカキッチン』は成り立たないと思っているからですよ！　あなたがどう思ってたって、この番組には文山さんが必要不可欠なんです！」

文山さんが目を瞠《みは》り、驚いたように少し身を引く。

私は詰め寄って続けた。

「あなたがお辞めになるのは自由です！　誰にだって自分の終わりを決める権利はあります。でもこの番組をあなたの勝手で踏みにじることだけは許せません！　オファーを受けていただいた以上は最後まで付き合っていただきます！　辞めるのは撮了の後になさってください！」

とんでもないことを言っている自覚はある。でも止められなかった。

「私は覚悟を決めたんです！　何があろうと——たとえ嫌な思いをしても、全然寝てない日が続いても、妹の婚約祝いさえできないほど忙しくなっても、文山さんに恨まれたり嫌われたりしても、絶対にこの番組を最後まで続けるって！」

誰かの心に残るような、優良番組では決してないだろう。

でも、それでも『マヨナカキッチン』は、私にとって、チルエイトにとって、投げ出すことのできない大切な仕事の一つだ。始まってしまった以上、誰かの身勝手な振る舞いで無理やり幕引きなどあってはならない。必ず、最後まで撮り終えなければならない。

「うちの番組を台無しにする人は、誰であっても許せません」

私の影の下で、文山さんは呆然とこちらを見上げている。

「私は、私たちは、こんなことで終わるわけにはいかないんです！　あなたはどうなんですか、文山さん！」

文山さんは答えなかった。

答えられなかったのかもしれない。ただただソファーに縫いつけられたみたいに身じろぎもしなかった。顔に少しだけ気まずそうな色が浮かんだようにも見える。

そのまま、お互いしばらく黙っていた。

お互いに、目を逸らせなかった。

「あ……」

やがて文山さんの唇が動き、呻きか言葉かわからない声が聞こえた、ようにも思う。

それを遮るようにノックの音が響き、びくっとした文山さんが応じるより早く控室のドアが開いた。

「失礼します」

飛び込んできたのは土師さんで、その背後には惠阪くん、古峰ちゃんもいた。惠阪くんは怯えた顔で、古峰ちゃんは心配そうにこちらを見ていて——しまった。聞こえていたみたいだ。

「浅生、ここは替わるから、休憩室で頭冷やしてこい」

引きつった笑みの土師さんがそう言って、私の強張った肩を叩いた。

その声は心なしか、気遣わしげだったように思う。

急に罪悪感や申し訳なさが込み上げてきて、私は項垂れるように頷いた。

「お願いします……」

惠阪くん、古峰ちゃんに見守られながら控室を出る。その瞬間、文山さんの顔は見られなかった。振り返ることもできないまま、とりあえず休憩室へ足を向ける。

「浅生さんが怒ったのなんて、初めてじゃないですか？」

「俺は怒られたことあるけど、その時よりガチだったな……」

背中越しに古峰ちゃんや惠阪くんの声を聞きつつ、やってしまったなと思った。

千賀さんの耳に入っていなければいいんだけど——タレントさんを怒鳴りつけたなんて知れたら、厳重注意では済まないだろう。


休憩室には強い西日が射し込んでいた。

時間が時間だからか私以外に利用者はおらず、これ幸いと手近な椅子に座り込む。腰を下ろした瞬間、どっと疲れが押し寄せてきた。他人に怒りをぶつけるのはこれほどエネルギーのいることなのか。どうりで私には向かないわけだ。

なのにずいぶん言いたい放題ぶつけてしまった。次に文山さんにお会いしたらなんと言えばいいのか——いや、平謝りに謝るしかない。それもわかっている。

気づけば喉も乾いていた。体力気力を振り絞って立ち上がり、モーター音唸る自販機のブラックコーヒーのボタンを押す。紙コップが落ちてくる音すら響く無人の休憩室で、湯気立ちのぼるコーヒーを啜れば、思い出したようにお腹が空いてきた。振り返れば今日はお昼ご飯を食べていない。文山さんたちとは午後一番の打ち合わせの予定で、だけど午前中は年末らしく別の仕事も立て込んでいて、早めに食べておく余裕がなかったのだ。

とりあえず、これを飲み切ったら文山さんに謝りに行こう。

そして文山さんがお帰りになったらみんなにも謝って、その後何か作って食べよう。

そう決意して、またコーヒーを啜った時だ。

「……浅生さん」

静かで低い声がして、危うく紙コップを落としそうになった。どうにか握り直して面を上げれば、休憩室の入り口に文山さんが立っていた。

西日を浴びて眩しそうに目を細める顔は、その陽射しの強さでいつも以上に陰影が際立って見える。そこに浮かんだ表情も一層暗く、気まずそうだった。

ぎくりとしたのも束の間、自分のすべきことに思い至る。紙コップをテーブルに置き、深呼吸してから私は頭を下げた。

「先程は申し訳ありませんでした！」

「いえ、そんな」

文山さんの声が慌てている。恐る恐るながらも再び顔を上げると、彼も申し訳なさそうな顔をしていた。

「謝るのはこちらですよ。浅生さんは正しいことしか言ってない」

「全然そんなことはないです！　出過ぎた発言でした」

「俺の方こそ、甘ったれたことばかり零してしまって……浅生さんにお叱りを受けるのも無理ないことだと思いました」

正直に言うなら、間違ったことを言ったとは思っていない。ただ、どんな本音でもしまっておくべき相手だった点が問題だった。

でも飛び出してしまった言葉はどうやっても取り消せない。

「私が文山さんを叱るなんておこがましいことです。本当に申し訳ないです」

もう一度詫びると、文山さんの顔に気配りの意思が感じられる優しい笑みが浮かぶ。

「いいんです。はっきり言っていただいて、むしろ嬉しかった。浅生さんも皆さんも『マヨナカキッチン』を大切に思って、真剣に向き合っているんだってわかって、俺の覚悟が足りなかっただけだと気づきました」

土師さんたちは文山さんにどう話をつけてくれたんだろう。恐らく三人で、懸命にとりなしてくれたに違いない。やっぱり後で謝っておこう。

「あの……」

文山さんは更に続けようとして、しかし言葉に迷っているようだ。

「本当に、気にしないでください。浅生さんに言ってもらえてよかったんです」

「ですが、あれはあんまり言いすぎだったかと……」

「そんなことないです。俺の方こそ……」

謝罪が堂々巡りし始めている。こうなると収拾がつかなくなりそうだ。

私も次の出方を考えるが思いつかない。お腹が空いているせいで頭も回らず、途方に暮れる。

「文山さん、お腹空いてないですか？」

「え？」

目を丸くする文山さんに、私はなるべく笑顔で告げる。

「私はお腹空いたんで、軽食でも作ろうかなって。よかったらご一緒にどうですか？」

こんな時にと笑ってもらえればよし、戸惑われたなら改めてお詫びすればいい。もし万が一にでも了承されたら——。

「浅生さんが作るんですか？」

「え？　あ、はい。もちろんです」

「では、ぜひ。ご一緒させてください」

まさかの、万が一が来た。

例の編集作業で徹夜をした一件から、私は職場にいくらかの食材をストックするようになっていた。

みんながお腹を空かせた時にさっと何か作れるようにと考えたのだ。人前で料理をすることに抵抗があった私からすると、これは大いなる変化だった。

今日はせっかく文山さんがいらっしゃるので、『鶏がらスープの簡単フォー』を作ることにする。

「あのレシピを使ってくださるんですか？　嬉しいです」

文山さんの笑顔に多少の後ろめたさを覚えつつ、一応断っておいた。

「結構なアレンジレシピですから、がっかりしないでくださいね」

「大丈夫です。そういえばケーク・サレもフライパンで作ってましたよね」

その話も今ではずいぶん昔のことのように思える。時の流れをしみじみと嚙み締めつつ、私は早速ストックしていた春雨を取り出す。

「まず、春雨を水で戻します」

「え⁉　フォーじゃないんですか？」

いきなり文山さんが驚いたけど、こんな序盤で驚かれては困るのだった。

「職場に常備しておいたのが春雨しかなくって。でも美味しいですし、アレンジの範囲ですから大丈夫です」

春雨はひたひたの水につけて、戻しておく。少し柔らかくなってからキッチンバサミで切る。こうすると硬いうちから切ろうとするよりも飛び散らないので便利だ。

冷蔵庫に入れておいたサラダチキンも切る。今回はちゃんと私が買ってきてストックしておいたものだ。

「サラダチキンもハサミで切られるんですか……」

背後から私の手元を見守る文山さんは早くもそわそわし始めている。料理を好んでする人の目にはどんなふうに映るのか、私には想像もつかなかった。

「はい。私、料理に包丁は使わない主義なんです」

「へえ……じゃあこれまでのお料理も？」

「もちろん、ノー包丁です」

文山さんは番組のホームページに掲載した私の試作料理写真も見てくださっている。ケーク・サレをフライパンで焼いたと見抜いた彼であっても、私が包丁を使わない人間だとは見抜けなかったようだ。普通はそんなこと想像もしないのかもしれない。

私の料理は速さと簡単さを追い求めた時短料理だ。だけど今更、それを恥じたりはしない。むしろこれで妹や自分自身、あるいは職場の人たちをお腹いっぱいにさせてきたんだと誇りに思うつもりだった。

できれば文山さんにも美味しいと言ってもらえたらいいんだけど。

「新しい料理の形を見た気分です」

考え考え、文山さんは私の調理法をそんなふうに言ってくださった。

その間にも鍋にお湯を沸かし、常備していた鶏がらスープの素を溶かす。切った春雨とサラダチキンをスープで煮る。休憩室の小さなキッチンにスープの美味しそうな香りが漂い出し、一層の空腹を覚えた。

フォーと言えば何かしらの香味野菜は欲しいけど、あいにく職場の冷蔵庫にパクチーなんてものはない。なので市販の冷凍野菜で代用する。用意してあったのはホウレンソウと小ネギだ。

「ホウレンソウはパクチーと色が似てますし、ネギは香味野菜仲間ですからね」

言い聞かせるように宣言すると、ついに文山さんが噴き出した。

「さすがに無理がないですか？」

「美味しいので大丈夫です。その点だけは保証します」

「浅生さんがそう言うなら。出来上がりが楽しみです」

いつの間にか文山さんは私の隣に立って笑っている。二十代の私がこの光景を見たら大はしゃぎするに違いなかった。憧れの俳優さんが隣に立ち、私の料理を見守ってくれている――いや、やっぱり恥ずかしくて逃げ出しちゃうかもしれないな。

春雨が十分に柔らかくなったら火を止め器に盛りつけ、解凍したホウレンソウと小ネギを散らした。仕上げにこれも常備済みのレモン汁を垂らす。

「本当はレシピ通りに輪切りレモンを載せたかったんですけどね。レモン汁の方が簡単ですし、職場に置いておけるので」

ちょっとレモンティーを飲みたい時、揚げ物のお弁当が出された時などにも使える。余ったら持ち帰って、家飲み用のハイボールに入れてもいいし。

というか、生のレモンを買ってもなかなか使いきれなくて困る。

「実は家でも作ったんですよ。そっちは春雨じゃなくてフォーで、物撮り用なので」

二人分の春雨フォーを並べつつ、私は文山さんに打ち明けた。

最終回の物撮りは時間もなかったし、自宅で作って一人で撮っている。写真の出来映えはさておき、フォー自体は美味しくできた。例によってちょこちょこ手は抜きつつ、輪切りのレモンを浮かべるだけでわりかしそれっぽく作れたのもいい点だ。

でも一人分のフォーでレモンを一つ使い切るのは難しく、半分ほど余ってしまった。

「その余ったレモンをどうしていいのかわからなくて。とりあえず全部絞って、お酒で割って飲んだんですけど」

めちゃくちゃ酸っぱかったし、ちょっと苦みもあったのが反省点だ。

「豪快ですね、浅生さん」

文山さんはまた笑い、それから楽しそうに教えてくれる。

「レモンが余ったら輪切りにして、蜂蜜漬けにするのもおすすめですよ。そのまま食べても美味しいですし、炭酸で割っても、ヨーグルトに添えるのもいいです。浅生さんはお酒を飲まれるようですし、お酒ともよく合いますから」

「なるほど……」

さすが、文山さんだ。この調子で使い切れない食材について尋ねてみたら、もれなくおすすめレシピを教えてくれそうだ。いい機会だからと質問をぶつけたい欲求にも駆られつつ、ひとまずは完成したての春雨フォーをいただくことにする。

「いただきます」

両手を合わせ、文山さんが箸を取った。静かに春雨を啜る。

「……い、いかがですか？」

かつての憧れの人に自分の手料理を食べさせるなんて大それたことだ。しかも今日、私は文山さんに暴言もぶつけてしまった。こうして差し向かいでご飯を食べていること自体が不思議だ。

西日で赤々と照らされた休憩室で春雨を味わった文山さんは、満足そうに目を細めた。

「美味しい……！」

「よかったです。文山さんのお口に合って」

「いや、本当に美味しいですよ。どうなるんだろうと思って拝見してましたが、びっくりするほどいい味に仕上がっていて」

安堵する私に、彼は心なしか早口になって続ける。

「俺のレシピとは違いますが、これはこれでいいですね。サラダチキンの味がスープによく出ていますし、ホウレンソウやネギも鶏がらの味とよく合います。仕上げのレモンも効いていて、とても美味しいです」

そう言って、文山さんは食べるのを再開する。実はお腹が空いていたのかもしれない。

「文山さんに褒めてもらえて光栄です！」

空腹という最高の調味料のアシストがあったにしても、美味しそうに食べてもらえるのはすごく嬉しい。私も一緒に春雨を啜り始めた。鶏がらスープで煮込まれた春雨は程よく味が染みていたし、火を通して柔らかくなったサラダチキンはだしも出て一石二鳥だ。こじつけ程度に入れたホウレンソウやネギも食べ応えがあるし、野菜を食べた感もあって満足度の高い仕上がりだった。

思えば今日はクリスマスイブだった。こんな日に昔好きだった人と一緒にご飯を食べているなんてすごいご縁もあったものだ。ロマンチックな雰囲気は一切ないけど、この時間を記憶に留めておきたい、と強く思う。

文山さんは伏し目がちに春雨を食べ続けている。端正な顔立ちが弱まりゆく夕日に照らされ、少し儚《はかな》げにも見えた。大理石のようになめらかな手は箸を持つ仕草もきれいだ。郡野さんもそれは王子様のように素敵な人だけど、文山さんだって画になる人だった。

「……さっき、ふと思い出したことがあるんです」

しばらくこっそり眺めていたら、ふいに文山さんの唇が動く。彼は視線をこちらへ向けると、慎重に切り出した。

「浅生さんなら、青海苑緒さんのことはご存じですよね」

文山さん自身の口からその名前が出ると、さすがにどきっとする。

「え、ええ、まあ」

答えながら思わず辺りを窺ってしまった。会社の休憩室にパパラッチは潜んでいないだろうけど、かといって機密性の保たれた場所でもない。そわそわする私をよそに、文山さんは話を続ける。

「彼女とはデビュー年が一緒でしたから、よく共演することがあったんです。現場で顔を合わせる度に話をしたり、近況を報告する程度には仲が良かった。少なくとも俺は、いい同期だと思っていました」

青海苑緒は演技力に定評のある女優だった。ただ早くから主演作品を何本も得られた文山さんとは違い、なかなか芽が出なかった人というのが世間的な評価だった。

「でも彼女は、いつからか『終わり』について口にするようになりました」

文山さんの言葉に、先程とは違う意味で心臓が跳ねる。

「俺たちの仕事には、会社勤めの方のような定年はありません。終わる時は自分から選んで辞めるか、事務所から契約を切られるか——フリーでも舞台に立つ方法はいくらでもありますから、結局は自分で引き際を決めるしかないんでしょう」

そう言って、文山さんは辛い記憶を手繰るように眉を顰めた。

「青海さんはそんな仕事を続けるのに迷いがあって、俺や他の同業者にもよく尋ねてきました。この仕事の終わり時はいつなのか、どうなったら辞めるべきなのか。いつしか俺も似たようなことを考えるようになったんです。いつ、終わらせるのがいいのかと」

まるで悪い病気が伝染したみたいだ。

「初主演映画が決まった時も、喜べたらよかったのに彼女はずっと悩んでいて——自分で自分を追い込んでいたのでしょう。あの日、なぜか俺を呼び出した彼女はずいぶん思いつめた様子で、さすがに放っておけなくて駆けつけたんですが——」

そこで彼は情けなさそうに笑みを浮かべる。

「行くべきじゃなかった、今考えると。お蔭で彼女は悲劇の女優として惜しまれながら引退し、俺はそんな彼女を追い込んだ横恋慕の嫌われ者です。何もかも失いました」

文山さんの声はそこまで沈んではいない。八年も前のことで、既に吹っ切れているのかもしれなかった。

彼が青海苑緒と、実際どういう関係だったのかは今の話からでは読み取れない。ただ文山さんが青海さんを恨んではいない様子だけはよく伝わってきた。

「でも、不思議ですね。仕事も切られて、報道でもネットでもぼこぼこに叩かれるようになってからはむしろ『終わってたまるか』なんてしがみつきたい気持ちが沸き起こってきて、気がつけば八年……ですか。するずる続けてきました」

文山さんは私を見て、今度はおかしそうに笑う。

「さっき浅生さんに叱られた時、当時のことを思い出しましたよ」

忘れかけていた気まずさが蘇ってきて、私は思わず縮こまった。

「いいんです。思い出せてむしろよかった。俺だってまだ終わるわけにはいかないんです。たとえ後輩に仕事を奪われようと」

力強くそう言って、端正な顔立ちに決意の色を滲ませる。

「あなたがたとならまだ頑張れる。これからもよろしくお願いしますね、浅生さん」

聞きたかった言葉がようやくもらえた気がする。

言いたい放題ぶつけてしまったことがチャラになるわけでは断じてないけど、文山さんがそうと決めてくれたのならよかった。本当によかった。

「こちらこそ、よろしくお願いいたします」

もっともっと『マヨナカキッチン』をいい番組にしよう。

私たちを信じてくださった、文山さんの為に。そして、番組を楽しみにしてくださる視聴者の為に。


年が明けると、『マヨナカキッチン』第二シーズンの撮影が始まった。

昨年は棚上げされていたタイトルについては、装い新たに『流伽と遼生のマヨナカキッチン』に決まっている。お二人の名前を並べつつ、文山さんのファンも尊重しつつ、ファーストネームで呼び合うことで仲の良さもアピールするテレビ局側の狙いらしい。

「このタイトル、文山さんとの距離が縮められそうで嬉しいです」

郡野さんは相変わらずの屈託なさで、文山さんにも懐いているようだ。

「僕も『遼生さん』って呼んでいいですか？」

緑がかった瞳に見つめられながら尋ねられた文山さんは、困ったように笑っていた。

「別にいいけど……まあ、そっちの方が自然かもな」

十以上も年下の後輩からの申し出を、戸惑いつつも受け入れている。お蔭で雰囲気も悪くない感じのスタートとなった。

そんな現場では、千賀さんがいつにない張り切りぶりを見せている。

「『マヨナカキッチン』を我が社の代表作の一つにしよう。見た人たちが楽しい気分になるだけじゃなく、試しに作ってみようと思う料理番組にしよう」

年始の挨拶ではそんなふうに、社員一同に発破を掛けていた。

「深夜バラエティーでここまでの数字が出せるんだ。いつかはプライム帯も狙える。それだけの可能性がお二人にはある」

頼もしい反面、内心はらはらしているところもあった。あんまり仕事に熱中しすぎてまた倒れられては困る。

気を揉む私をよそに、絢さんもまた意欲満々だった。

「信吾さんが無茶しないよう、これからもストッパーになっていかないとね。大丈夫、『また入院したら娘ちゃんにしばらく会えなくなるよ！』って脅してあるから」

私を安心させたかと思えば、こっそり打ち明けるようにこうも言う。

「けど、あんなに落ち着いちゃってたあの人の心に火をつけたのが若い男の子だなんて、浅生はどう思う？　妻としてはちょっと悔しいんだけど」

半分惚気《のろけ》みたいな愚痴に、私も冷やかし半分で答えておいた。

「千賀さんも絢さんがいるからこそ張り切れるんですって！」

前に古峰ちゃんも言っていたけど、結婚とは後ろ盾を得ることでもある。千賀さんがまた仕事に打ち込めるようになったのも絢さんが傍にいるからだろうし、逆もまた然りだろう。


文山さんに暴言を吐いた件について、当日のうちに一度謝ってはいたけど、自戒も込めて年が明けてからもう一度お詫び行脚をすることにした。

「そんな、いいんですよ。浅生さんにはいつも助けてもらってますし」

古峰ちゃんは笑顔で両手を振ってくれる。かと思うと急に声を潜め、囁いてきた。

「ぶっちゃけますね？　私あの時、すかっとしたんです。ああいう後ろ向きな人にはきっぱり言ってやった方がいいんですって。浅生さん、格好よかったです！」

褒めてもらって喜んでいいのか――いや、喜んではダメか。小動物を思わせるような、きらきらしたつぶらな瞳で見上げられると釘も刺しづらくて困った。

お詫びに何か奢るよ、という申し出もやんわり断られた。

「それより浅生さん、また合コン行きません？」

古峰ちゃんはさっさと話題を変え、そんなふうに持ちかけてきた。

「今度のはちょっと年上の人たちとの集まりなんで、浅生さんがいてくれたら心強いなって。どうですか？」

「いいけど、『ちょっと年上』ってどのくらい？」

「最年長は三十歳だって聞きました。浅生さんと同じ三十代ですよ！」

同じと言ったって、三十歳と三十五歳にはだいぶ大きな開きがある。二十歳そこそこの古峰ちゃんから見たら大差ないように見えるのだろうか。

まあ、何事も経験だ。スケジュールが空いていたら参加しようと思っている。

土師さんにも改めて謝ったら、きょとんとされてしまった。

かいつまんで説明したらようやく思い当たったか、ああ、と納得の声を上げる。

「むしろ浅生にはいつも俺のフォローをしてもらってたからな。お返しができたと思えばどうってことない」

土師さんも記憶を取り戻したようで、じわじわと思い出し笑いを浮かべながら言われた。

「あの時のお前、まさに『鬼の浅生』って感じだったな」

返す言葉もない。今年こそは一年通して仏でありたいと思うまでだ。

仏の対応だった土師さんも、何か奢ると申し出た際には古峰ちゃんと違う反応をした。

「なんでもいいのか？」

「常識の範囲内ならね」

「回らない寿司でも？」

それは常識の範囲内だろうか。ただでさえ東京のお寿司は値段が高い。私が答えに窮すると、土師さんは驚くほど柔らかく笑った。

「冗談だよ」

最近では仕事中も明るく、また収録にも熱が入っていて、何か吹っ切れたのだろうと思う。

恵阪くんには、怒ったところを見せるのは実は二度目だった。

「浅生さん、俺にはそこまで怒ってなかったんですね！　怖さが違いましたもん」

「……あの時は公衆の面前だったからだよ」

片や人通りが多すぎる町田の駅前、片や打ち合わせ後のスタジオ横控室では怒り方だって違ってくるものだ。どっちにしても声を荒げるのは決して正しいことではないけど。

「迷惑掛けてごめんね」

そう告げたら恵阪くんはいい笑顔でかぶりを振る。

「いいえ！　浅生さんにはタレントさんへの接し方を学ばせてもらいました。常に媚びるだけでなく、時には本音でぶつかることも必要なんですね！」

「違う違う！　あれは学んじゃダメな例だからね、反面教師だからね！」

慌てて制しておいたけど、恵阪くんも古峰ちゃんも学んで欲しい箇所が違う。先輩社員として後輩にどんな背中を見せるかは今後の重要課題になりそうだった。

「もちろん、仕事で理不尽な目に遭ったからって、腐ってばっかじゃいけませんよね。俺には文山さんのお気持ちもちょっとわかりましたけど、この先何があってもなるべく前向きにやっていきたいです」

もともと前向きで明るい人ではあったけど、最近の恵阪くんには冷静な視点や地に足の着いた頼もしさも備わってきたようだ。この分だと未来のチルエイトも安泰だろう。

「そうだ。恵阪くんも、お詫びに何か奢るよ」

ちょうど土師さんとご飯行くって話になってたし、一緒にどうかなと続けかけた私に、恵阪くんはぱっと顔を輝かせた。

「あっ、実は俺も浅生さんにごちそうしたいものがあったんですよ。前に浅生さんのお部屋にお呼ばれした時、炊飯器で料理してたじゃないですか。あれから気になってネットで調べたら俺でも作れそうなのがあって、いろいろ試してみてるんです」

そう言って惠阪くんは胸を張る。

「この間はパウンドケーキ作ったんですよ」

「え⁉ それは私も作ったことない……炊飯器で？」

一体どうやって作るんだろう。いつの間にか猛スピードで私を追い越していった後輩は、私の言葉に心底嬉しそうな顔をする。

「じゃあ今度、休憩室で作りますね！ 炊飯器持ってきますんで！」

「炊飯器持って電車乗るの⁉ いいけど……」

惠阪くんが負担じゃないならいいんだけど。とはいえ彼手作りのパウンドケーキはどんな味がするのか、すごく楽しみにしている私がいる。


収録後に控室を訪ねると、まだコックコート姿の文山さんがソファーにゆったり座っていた。私の姿を見ると微笑みながら、会釈をくれる。

「お疲れ様です。もうタクシー呼んでしまいました？」

「いえ、まだです。お帰りのお仕度ができたら呼びますよ」

「お願いします。少し、休んでから帰ろうと思って」

ここ最近の文山さんは顔色もすこぶるいい。郡野さんとのチームワークも抜群だ。

とはいえストレスは目に見えない。私たちは今後も文山さんのお身体に最大限配慮していこうと取り決めていた。

「でしたらごゆっくりどうぞ。お帰りの際は誰かにお声がけいただければ」

そう告げて控室を出ていこうとすれば、浅生さん、と呼び止められて振り返る。

ソファーに座る文山さんは、その時緊張したように硬い面持ちをしていた。

「……俺を『マヨナカキッチン』に推してくださったのは、浅生さんだそうですね」

一体、誰から聞いたのだろう。

もしかしたらファンだった話もバレてしまっているのだろうか。土師さんにはしっかり口止めしておいたはずなんだけど——いや、単に企画会議でのやり取りを話してしまった誰かがいたのかもしれない。秘密にしておくべき経緯でもないだろうし、仕方ない。

「ええ、そうです」

私が認めると、文山さんはとても気まずそうに視線を外す。

「その……それでしたら、幻滅しませんでしたか？　他でもないあなたに愚痴をぶつけて、叱られて……浅生さんが俺を挙げてくれなかったら、今のこの仕事だってなかったのに」

「いいえ、ちっとも」

首を横に振って、私は答えた。

言葉を選ばずに言うなら、幻滅するほど文山さんに理想を見てはいない。一緒にお仕事を始めたばかりの頃はずいぶんと無愛想だったし、私たちスタッフと会話をするのさえ億劫そうだった。私たちは時間を掛けて少しずつ、ゆっくりと距離を縮めてきたはずだ。今更何が起きても、幻滅するような要素があるとは思えない。

「本当ですか？　でも……」

「私は文山さんを推してよかったって思ってます。お蔭でいい番組になりました」

二十歳の頃の私なら違ったかもしれない。テレビ越しに見る文山さんがこんな腑《ふ》抜《ぬ》けたことを言うなんて、と多少がっかりはしたかもしれない。

だけど私はもう三十五歳のいい大人だ。誰にでも心折れる日や弱音を吐きたくなる瞬間があることをよくわかっている。そんな日を、私だってあの頃から何度も繰り返してきた。

「……そうですか」

文山さんは腑に落ちない様子だ。違う答えを予想していたのか、それとも幻滅されて当然だと思っていたのだろうか。私が黙って見返していると、恥ずかしそうに言った。

そんな文山さんに、一瞬だけ迷いながらも打ち明けた。

「私、若い頃に文山さんが出演されている番組を見て、救われたことがあるんです。まだデビュー間もない頃、お昼の番組の一コーナーでひたむきに料理をするお姿を見て、私も頑張ろうって思ったんです。あの頃の私は、酷く打ちのめされて、落ち込んでいて……」

母が倒れ、入院していた頃だった。

死期を悟ってでもいるかのように、病室の母はずっと暗かった。私の前では気丈に振舞おうとしていたけど、時々やりきれない顔をすることがあり、それを見ているのが私も辛かった。

『退院したら、霧歌にちゃんと包丁の使い方を教えないとね』

口癖のようだった願いすら、叶うことはなかった。

だけど備えつけのテレビに映るお昼の番組の一コーナー、そこに出演していた文山さんを見て、母は笑顔で彼の包丁捌きを褒め、私にも手本にするよう勧めてきた。

『すごい子だね、まだ若いのになんでも作れちゃうんだから。しかもすごく美味しそう』

あの頃の文山さんは料理こそ上手だったけど、喋りはあまり上手くなく、スタジオのMCによくからかわれていた。それでも頑張って一日一品仕上げる姿に、私は憧れを抱いた。

母の最期の日々を照らした、一筋の光のような存在が文山さんだった。

テレビ番組が人の心を救うこともある。なんでもない情報番組の一コーナーが、会話も途切れがちだった絶望の淵の私と母に、言葉を取り戻してくれたように。

「いつか仕事でご一緒することがあったら、恩返しがしたいと思っていました」

私は文山さんに頭を下げる。

「あの時はありがとうございました。あなたがいなければ、私はこの仕事にも就いていなかったはずです」

顔を上げると、文山さんはぽかんとしていた。

タレントという人々はそうやって、彼らが知らないうちに、テレビやスクリーンや電波越しに多くの人の心に残る。文山さんに救われた人も、きっと私だけではないのだろう。

言いたいことを言ったら急に気恥ずかしくなってしまって、では、と私は控室を出ていこうとする。

「浅生さん」

文山さんは再び呼び止め、今度はいくらかためらいがちに切り出した。

「もしよかったら今度、一緒に料理をしませんか？　浅生さんのお料理のやり方、もっと見てみたくなったんです。あの効率性、手際の良さは俺にとって勉強になります。浅生さんと一緒に作れば、新しい調理法もひらめきそうな気がするんです」

そう思ってもらえたのは光栄なことだ。ちょうど恵阪くんも炊飯器を持ってきたいと言っていたし、チルエイトで大料理大会というのも楽しいかもしれない。

「いいですよ。うちの休憩室で、みんなでわいわいやりましょうか」

そう答えたら、文山さんは小さく笑った後、真っ直ぐに私を見つめる。

「……二人ではダメですか？　連絡先を聞きたいです、浅生さんの」

一月の最初の連休、私は久々に実家を訪ねていた。

なぜこの時期かと言えば年末の仕事が忙しすぎて、お正月は遅い大掃除と休息に当てたからだ。華絵たちが予定を合わせてくれるというので、成人の日二日前の土曜日に帰省することにした。

雪深い故郷にて、私は妹、その婚約者飯島くんと、そして父と久し振りに顔を合わせた。

「華絵も霧歌も、元気そうでよかった」

父の顔を見るのは二年ぶりだろうか。記憶よりも少し老けたような気もするし、髪をきちんと整えていてこぎれいになっている気もする。自営で家を離れられない父の、独り暮らしの実家は思っていたより片づいていて、何日前から頑張って掃除をしたのだろうと労りたくなった。

「それに華絵は、婚約者まで連れてきてくれて」

そう続けた父に、飯島くんが深々と頭を下げる。

「不束者ですが、よろしくお願いいたします」

「ああ、あまり固くならず、楽になさってください」

慣れない様子で話しかける父を見て、華絵が噴き出した。

「お父さん、そんなかしこまらなくていいから。智也もかえって緊張しちゃうじゃない」

懐かしい実家のリビングを、フル稼働の灯油ストーブが暖めている。古い無垢板のテーブルを四人で囲み、幸せそうに笑う妹と、その隣ではにかむ妹の婚約者、居心地悪そうにもじもじしている父――ここでカメラを回したら、さぞかし素敵なワンシーンになることだろう。

挨拶を終えると、華絵は飯島くんを伴い近所のスーパーへ出かけていった。今日の夕飯は鍋にするらしい。

「今日は私がお姉ちゃんにごちそうしちゃうよ！　楽しみにしてて！」

などと大変張り切っていたので、お言葉に甘えることにする。

実家のリビングには私と父が残された。私は父にお土産を渡しており――『マヨナカキッチン』第一シーズンの録画データだ。父は第一回を鑑賞し、やはりエンディングロールでは一時停止して、わざわざ私の名前を探してくれた。

「『AP　浅生霧歌』……いいなあ。ここだけ保存して待ち受けにしたいな」

こんなところではしゃいでくれるのもうちの父だけだろう。もちろん、悪い気はしない。

「華絵が結婚とは想像もつかなかったけどなあ。あんなに小さかったあの子が」

父が鼻を啜る音が聞こえたので、その顔は見ないでおいてあげた。母を亡くしてから泣いてばかりだった父が、久し振りに流した嬉し涙なのかもしれない。

「それに霧歌にも、ずいぶん苦労を掛けたし」

さらに父が続けたので、そこはやんわり制止しておく。

「全然苦労してないから。私のことは気にしないで」

「けど、お母さんが亡くなってから家のことは任せっきりだったろ。華絵が東京に行きたがってからはあの子の面倒も見ていたし、仕事だってあったのに」

確かに時短料理で日々を乗り切り、千賀さんご夫妻の理解のもとで妹をできる限り支えてきた。それでもその目まぐるしい毎日に悔いはないし、いい思い出ばかりだ。

「まあ、忙しかったけどね。私もあっという間に三十五だし」

そう言ったら、にわかに父がそわそわし始めた。何か聞きたいことでもあるのか、ちらりちらりと私の顔を窺ってくる。

察しはついたので、こちらから切り出した。

「私に結婚の予定はないんだ」

すると父は、安堵と心配がないまぜになった表情になる。

「お付き合いしている人とかは……」

「それもいない。探してはいるんだけどね」

だからと言って寂しい毎日ではない。仕事は充実しているし、職場での人間関係も最高にいい。みんな私を頼りにしてくれている。

ただ一つだけ、悩みというか、どうしようかなと思っていることがあって――。

「そうか……まあ、結婚だけが全てじゃないからな」

よくわからない言葉を父が口にした直後、私のスマホがぶるっと震えた。

受信したメッセージの送り主は、文山さんだ。

『そちらはいかがですか？　雪の予報でしたが、飛行機は無事に飛べたでしょうか？　あなたがご実家で温かくお過ごしくださっていることを願います』

父の目を盗んでそれを確かめ、私は引き続き悩んでしまう。

結婚相手も彼氏も目下いないけど、誘ってくれる人はいる。でも文山さんのことを、正直どういうふうに見ていいのかわからない。それはもちろん好みのタイプというのもおこがましいくらい素敵な人だし、料理は上手だし、そもそも昔好きだった人だしと理想的な相手ではある。だけど仕事上の付き合いがある相手とはこじれたら厄介だろうし、しかも一度スキャンダルを起こしたことのある人がもう一度撮られでもしたら、そしてその相手が番組の担当ＡＰだとか報じられたら、どんな騒ぎになるか想像もつかない。せっかく軌道に乗った仕事を、軽率な行動でぶち壊したくはなかった。

「霧歌は、自分の好きなように生きたらいいさ」

タイミングよく、父がそんなことを言う。

今までだってそうして生きてきたつもりではあったけど、三十五になった今、改めて思う。仕事と、私の料理の作り方と、私自身に理解のある人に出会って、一生を仲良く過ごしたい。それが文山さんかどうかはまだわからないけど――。

とりあえず、今回は音信不通にだけはならないように。
それだけは心に決めて、返信内容を考えることにした。

◆この作品はフィクションです。実在の人物、団体等には一切関係ありません。
◆本書は双葉文庫のために書き下ろされました。

双葉文庫

も-20-01

マヨナカキッチン収録中《しゆうろくちゆう》！

2023年5月13日　第1刷発行

【著者】
森崎緩《もりさきゆるか》

【発行者】
箕浦克史
【発行所】
株式会社双葉社
〒162-8540 東京都新宿区東五軒町3番28号
［電話］03-5261-4818(営業部)　03-5261-4833(編集部)
www.futabasha.co.jp(双葉社の書籍・コミックが買えます)
【印刷所】
中央精版印刷株式会社
【製本所】
中央精版印刷株式会社

【フォーマット・デザイン】
日下潤一

ISBN978-4-575-52665-3 C0193
Printed in Japan